花の魔法使いは御前試合で愛される

伊勢原ささら

幻冬舎ルチル文庫

CONTENTS ✦目次✦

花の魔法使いは御前試合で愛される

✦カバーデザイン＝chiaki-k（コガモデザイン）
✦ブックデザイン＝まるか工房

イラスト・麻々原絵里依✦

花の魔法使いは御前試合で愛される

どこまでも高く真っ青な空に、綿帽子のような可愛い雲がポコポコと浮かんでいる。その合間をすいっと白い鳥が過ぎていく光景を、リュカはほわんと口を開けて見上げる。

太陽の恵みをいっぱいに浴びて、あの鳥はどこへ飛んでいくのだろう。リュカの行ったことのない、遥か遠くの村までだろうか。きっとそこでは、その土地にしか咲かない綺麗な花がたくさん見られるに違いない。

「レムも見に行きたい？」

肩に乗せている小さな友だちに話しかけると、リュカとすっかり同じ顔で空を見上げていたレムがコクコクと頷きながら「キュッ」と鳴いた。

レムは『コウモリギツネ』という黒い毛並みの野生動物だ。小型のキツネといった外見だがとがった大きな耳と、背中についたコウモリのような翼が特徴の希少種だ。悪質な密猟者に傷つけられ森の中で死にかけていたところを、父が見つけて家に連れ帰ってからもう五年。今ではリュカの大事な家族であり、よき相棒だ。

「こーらチビすけども、ボケッとしてんなよっ」

リュカ、レムの順にペコン、ポコンと頭をはたかれ、一緒に肩をすくめて振り返る。

広々とした原っぱを背景に、お日様のような金髪に真っ青な瞳の美少年が偉そうに腕組みをして立っている。

「ったく、緊張感なさすぎ、集中力途切れすぎっ。おまえら見てるとなんか気が抜けんだよなー」

「ううっ、ごめん……」

「キュキュッ」

亀のように首を縮めるリュカの頭を、隣から伸ばされた白い指が優しく撫でてくれる。

「まぁまぁエリオ、そんなに厳しく言わなくとも。リュカはまだ子どもなんだから。ね？」

教会の丸天井に描かれた絵画の女神様のようにニコッと微笑んでくれるカミーユは、エリオとは対照的な見事なプラチナブロンドと深いグレーの瞳だ。

エリオは眩しいお日様、カミーユは清らかなお月様みたいだ、とリュカは見るたびに思う。二人とも見惚れるくらい綺麗なので、自分とは違う星の人たちのように感じてしまう。

夜の闇のような黒い髪と瞳、ちんまりと整ってはいるが地味な顔立ちのリュカは、まるで彼らの影のようだ。

「子どもったってもう八歳だろ。俺たちと五つしか違わねーじゃん。それにこいつも一応花術師の卵なんだから、もっと自覚持たねーと」

「リュカは遅咲きなんだよ、きっと。焦らずにゆっくりいくのがいいと、僕は思うけど？」

「おまえってホントこいつに甘いよなー」

荒っぽくてやんちゃ、リュカとレムをいじってばかりいるエリオと、いつも優しい微笑でかばってくれるカミーユは、城内でたった二人だけのリュカの友だちだ。リュカたちは三人ともこのフェルディアン王国の重臣の子息で、城壁の中で家族とともに暮らしている。

リュカはまだ八歳なので難しいことはわからないけれど、家庭教師の先生から教わってこの国のことはよく知っている。

一つ目。フェルディアン王国はとても豊かな国だ。山と海に囲まれて、緑の平原がどこまでも広がる景色は美しい。自然が豊かなために水も食べ物も豊富で、城下町はもちろん地方の村にも貧しい人はほとんどいない。

二つ目。今の王様、フェルディアン四世陛下はとにかく素晴らしい王様だ。国民の幸せを第一に考え、正しい政治をしてくださっている。今の王様に代わってからはそれまで残っていた貧富の差がなくなり、民は皆笑顔になったと父も教えてくれた。

そして三つ目は、一番大事なこと。このフェルディアン王国は、周りの国から『花の国』と呼ばれている。

そもそもが、美しい花を咲かせる能力を持つ『花術師』と呼ばれる魔法使いたちが作った国なので、国民は皆多かれ少なかれ魔力を持っている。リュカにはちょっと想像できないが、ほかの国々には花というもの自体がないのだそうだ。そのためフェルディアン王国から花をたくさん買って、目を休ませ、心を潤しているのだという。

その話を聞いたとき、すごいな、いいな、とリュカは胸を躍らせた。この国に生まれてよかったと心から思った。

大好きな花でほかの国の人を癒して、自分の国を栄えさせることができるなんて、本当に嬉しいことだ。

――リュカ様もお父上様の跡を継がれ、立派な花術師にならねばなりませんよ。

家庭教師の先生には毎日のように言われている。そのたびにリュカは、内気な亀のように首をすくめてしまう。

王の重臣たちには優れた花術師がそろっている。当然その子どもたちにも素質があり、皆一流の花術師になるために特別な訓練を受けるのだけれど、残念なことに魔力には個人差がある。どんなに丁寧に教わっても、魔力が弱い子はそれなりの花しか咲かせられない。

リュカもそんな一人だ。

「あ〜あ、ったくつまんねーな。こんな課題、なんで今さらやんなきゃいけないんだよ？」

エリオが大きく伸びをして、腰に差していた模造剣を引き抜き、えいやっ、と振り回し始める。

「こらこら、集中力なさすぎは君のほうじゃないの？」

いつものことなのでカミーユは苦笑で流し、地面から頭一つ分くらいのところにすっと細い手をかざす。何もなかった地面から緑の茎と葉が伸び、パッと花が開く。黄色い中央の円を取り巻くように白く細長い花びらが開いた可愛らしい花だ。

カミーユの手際のあざやかさを、リュカは目をパチパチさせながら驚嘆の思いで見つめる。

ほとんど感情が表に出ないリュカの分まで、肩の上の相棒は両前足を上げてキュッキュと大騒ぎしている。

カミーユとエリオはそんなふうにちょっと力を注いだだけで、素敵な花を咲かせることができる。三人の周りは今、花術の教室で出されたというその宿題の花でいっぱいだ。

「俺が言いたいのは、それぞれの魔力に応じて課題を変えるべきだってことだよ。こんなの俺とおまえは五年前にクリアしてるし。剣術でもやってたほうがましだ」

「基本は大事だよ、エリオ。というか、君は剣術よりまず礼儀作法を復習したほうがいいんじゃない？　その時間はいつもサボってるようだけど」

クスクスと笑うカミーユに言い返すことができず、むすっとしたエリオがリュカの頭を小突く。八つ当たりだ。

「ほらチビすけ、見てないでおまえもなんか咲かせてみろよ」

「う、うんっ」

二人のお兄ちゃんたちの素晴らしい術を見て、なんとなく自分にもできるような気がしてきた。レムも「キュキューッ」と翼をパタパタさせて応援してくれる。

「リュカ、リラックスしてね。心の中に、咲かせたい花をイメージして」

リュカはコクッと頷き、瞳を閉じると地面に両手をかざした。

この原っぱをいっぱいにするような、小さく白い花。可愛らしい形の葉っぱにはちょっとした特徴があって……。

えいっ、と力を放ち、目を開けた。

「あれっ？」

リュカはポカンと口を開け、目をパチクリさせる。

思っていたのとはちょっと、いや、かなり違ってしまった。原っぱいっぱいどころか自分の前のほんのわずかな範囲に、雑草みたいな細い葉が茂っている。その中にポツンポツンと親指の先くらいの丸い花が咲いているけれど、開いたばかりなのにもう萎れている感じだ。

ずっこけたレムがずるんと肩から滑り落ち、膝の上で転がって四肢をピクピクさせている。

「うわっなんだよ、こりゃ？　しょぼいな！」

これはあんまりな反応だ。

「むぅっ」

まったく気遣いのないエリオの感想が、リュカのか弱い心臓にグサッと突き刺さった。

「これは……ずいぶんと可愛らしい花だね」

カミーユは噴き出しそうに口を押さえている。リュカの頰は真っ赤になる。こんなはずではなかったのに……。

「も、もっといっぱい、咲かせるつもりだったんだよっ。こんなんじゃなくて……っ」

「花より葉っぱのほうがずっと多いぜ。おまえ、花術師じゃなくて葉術師なんじゃないのかホントは？」

「こらエリオ。でもほら、見てごらんよこれ。こんなに小さな花が集まって、ちゃんと丸くなってる。リュカはお父上のように小さい花が得意なんだね」

今にも首が垂れそうな花を手に取ってしげしげと眺めていたカミーユがニコッと笑いかけてくれて、エリオにばっさりやられた心の傷も少し癒える。

「確かにこんなちっこくて地味な花は、俺には絶対無理だなー」

エリオも大人のように顎（あご）に手を当て感心しつつ頷くが、ほめられているのかけなされているのかわからない。

「それにエリオ、この葉っぱを見て。形がとても可愛いよ。小さな三枚葉がくっついて……ああ、四枚のもあるね」

「ホントは、全部四枚にしたかったんだけど……」

リュカはあわてて言い訳する。四つの葉っぱがちんまりと真ん中でつながっている図をイメージしたのだが、残念ながら魔力が全然足りなかったようだ。

「どこだよっ、四枚のないぞ？　なさすぎだろっ」

四つ葉を見つけられず唇をとがらせたエリオが、八つ当たり気味にリュカの額をつつく。

「しかしさー、おまえも父上の血引いてるならもっとこうドーンと、すげーの咲かせられるはずなんだけどなっ」

「ジスラン・ミュレー氏は我が国の誇る一流の花術師だものね。魔力も人格も素晴らしい方だよ、本当に」

「ホントすげーよ、ジスランさんの花は！　俺何度も感動しちゃったもん」

しょぼんと肩を落としていたリュカは、父を絶賛されて誇らしくなりしゃきっと背筋を伸ばした。カミーユだけでなくエリオまでもが、目をキラキラさせて父をほめてくれている。

貴族出身ではないのに王様にその実力を見出され重臣として務めている父は、城内のすべての人に受け入れてもらえているわけではない。

――あの者は不吉な黒の魔法使いだ。

父のことを見てそう囁き交わし、眉をひそめる人がいることをリュカも知っている。

この城内で、いやもしかしたらこの国内でも、漆黒の髪と瞳を持っているのはリュカと父だけだろう。

遥か昔、それこそ千年以上も前に、黒髪で黒い瞳の強力な魔力を持つ種族が、恐ろしい魔法を使って国を滅ぼしたという話が伝わっている。知らぬ人のいないその伝説のせいで、父とリュカは周りの人から怖がられ、避けられる。

そのためリュカは貴族の子どもたちが集う花術教室に通えず、同じ年頃の友だちを作ることもできなかった。一人で術の練習をする場所を探し、城のはずれのこの原っぱを偶然見つけてエリオとカミーユに出会ったのだ。

見るからに家柄のいい貴族の子息然とした二人を見るなり、リュカはすぐに身を翻し逃げようとした。これまで幾度となくされてきたように、突き飛ばされたり石を投げられたりして、いじめられると思ったからだ。

けれど、二人はそうしなかった。

――待てよチビすけ、おまえも花術の練習に来たのか？　ここは俺とカミーユの縄張りだけど、まぁ特別に入れてやってもいーぞ。

リュカはびっくりした。自分の黒い髪と瞳を見ても引かれず、嫌な顔もされず、手招きしてもらえたのは初めてだったから。

――おいでよ君、怖くないよ。一緒に練習しよう。よかったら、僕らが術を見てあげる。

それどころか、二人はリュカが噂（うわさ）の黒の魔法使いの一人息子だと知ると、怖がるどころか大興奮で父を絶賛してくれた。見るからに高貴な家柄の子息たちなのに、髪や瞳の色でまったく差別しない子どもとリュカは初めて会った。

それからはこの原っぱで彼らと術を磨く時間が、リュカにとっての最高の楽しみとなっている。いつか二人と同じくらい綺麗な花を咲かせられるようになって、尊敬する父の跡を継いで、王様に重用されるような花術師になるのがリュカの夢なのだ。

「お、おれも、いつか父上みたいになれるかなっ」

ジスランさんのあの花がよかった、あの花も好きと盛り上がる二人に、小さな声でもじもじと言ってみる。四つ葉探しに夢中になっていたレムも、パタパタと浮き上がって「キュキュッ」と元気づけてくれる。レムはとても表情が豊かだ。今も口角が上がり、まるで笑っているような顔になっている。

「もちろんなれるよ、リュカ。小さな可愛い花をたくさん咲かせられるのも、得がたい立派な才能だよ。一緒にがんばろうね」

「う、うんっ」

カミーユの手でサラサラの髪を梳かれて、嬉しさにポッと頬が熱くなった。気品があって穏やかで賢いカミーユは、リュカの憧れだ。こんなお兄ちゃんが欲しかったな、といつも思っている。

視線を感じて振り返ると、エリオがなんだか不機嫌そうな目を向けていた。

「どーだかなー。まぁ、葉術ならジスランさんを越えられるかもしれないぜ？　見ろよこの葉っぱの数！　みっしり加減！　これ誰も真似できねーもん」

「む、むぅ～っ」

カミーユと比べると、エリオは本当に意地悪だ。からかわれるたびに言い返そうと思うのだが、結局その倍の勢いで言い負かされてしまうので、口下手なリュカはいつも先に手が出る。

「えいっ、えいっ」

「キュッ、キュッ」

レムと一緒にポカポカと意地悪お兄ちゃんの胸や肩をはたくと、

「うぉっ、すげー攻撃だ！　やられる！」

と、エリオは大げさによけるふりをしながら嬉しそうに笑った。隣でカミーユもおかしそうに笑っている。結局リュカも笑ってしまって、広い原っぱに三人の笑い声が響く。

（このままずっと、こうしていたいな……）

青空の下、気持ちのいい原っぱで、お兄ちゃんたちと花を咲かせていたい。三人の笑い声を原っぱ全体に響かせながら……。

（この楽しい時間が、いつまでもずっと続きますように）

心の中でそう祈ったとき、声が響いた。

「リュカ様！　リュカ坊ちゃま！」

真っ青な顔をして駆けてくるのは父の従者だ。なんだか様子がおかしい。リュカの胸はドクンと不吉な音を立てる。

「た、大変です！　ご主人様が……お父上様が、襲われて……お命を……っ！」

青空も、緑も、白い花も、すべてが一瞬にして灰色に変わる。

続く言葉を受け入れられず、リュカはそのまま意識を失った。

＊

「っ……」

叫んだ自分の声で、リュカは飛び起きた。

月明かりに浮かび上がるのは朽ちかけた木の壁。藁の天井。隙間風の入る狭い小屋は、リュカの住処だ。

「キュキュッ」

一緒に寝ていたレムが心配そうに肩に乗り、首を傾げる。

「大丈夫だよ、レム。いつもの夢だから」

リュカはほうっと息を吐いて、レムの小さな頭を撫でた。ふかふかの毛並みが高鳴る鼓動を静めていってくれる。

もう十年も経ったというのに、父の突然の死を知らされたあの日のことを、リュカは今でも夢に見る。

父、ジスラン・ミュレーは、あの日城内で暗殺された。黒の魔法使いを不吉なものと決めつけ、その才能と出世に嫉妬した一部の重臣の仕業だった。

王はジスランの死を悲しみ、実行犯をはじめ裏で暗殺を企てた大臣たちを厳罰に処し国から追放したが、彼らは処罰を受ける前、声高に叫んでいた。

――黒の魔法使いが国政に関わるべきではない！

――陛下は騙されておられる！　ジスラン・ミュレーをのさばらせておいたら、国に必ず不吉なことが起こったはずだ！

彼らの言い分に同調する者はさすがにいなかったが、心の中ではこう思っていた重臣たちも少なからずいたようだ。

――ずっと平和を保っていた城内でこんな不名誉な騒乱が起きたのは、陛下がジスラン殿を重用しすぎたからだ。

――やはり、黒の魔法使いは不幸を呼ぶのでは……。

王はリュカと母のマリーにこれまでどおり城内に留まるようにと言ってくれたが、王の目の届かないところで、リュカたちに対する風当たりは以前よりさらにきつくなった。

結局無言の圧力に負けて、リュカと母は従者や使用人のその後を父に好意的だった重臣に託してから、二人きりで城を出た。けれど城下町はもちろんのこと、地方の村でも、黒髪黒い瞳のリュカとその母を好意的に受け入れてくれるところはなかった。

――ごめんね、リュカ。苦労ばかりかけて……。

二人で食べていくために毎日朝から晩まで働いて、体を壊し病床についた母の弱々しい声がよみがえる。

詫びたいのはリュカのほうだった。母は黒の魔法使いの血筋ではなく、髪も瞳も淡い琥珀色だ。きっと母だけなら、人目を避け逃げ回って暮らさなくてもよかったはずなのに。

母は青い花が好きだった。父の代表作が雨の日によく映える、小花が球形に集まって咲く美しい青色の花だったから。

——リュカ、青い花が見たいな。

よくそうねだられた。リュカはそのたびに、父とは比べ物にならない小さな青い花をポッンと一輪咲かせては、寝ついている母に見せた。ちっぽけな花なのに、綺麗ね、リュカはやっぱりお父様の子ね、と母は嬉しそうに微笑んでくれた。

——お父様がいらっしゃる天国には、こんな可愛いお花が一面に咲いているのでしょうね……。

その言葉を最期に、母は旅立った。

それから三年間、リュカは細々と花を咲かせて市場の片隅で売ったり野菜を育てたりしながら、独りで暮らしている。話し相手はレムだけだ。

「母上……」

リュカの花を大事そうに両手で包み、安らかに微笑んでいた母の死に顔を思い出すと、今でもじわりと目が濡れてくる。

「キュキュッ」

レムが元気を出してというように、ペロペロと目尻を舐めてくれた。

「ありがとレム。おれは大丈夫だよ、レムがいるから。それと……」

思い出があるから、とつぶやいて、リュカはわずかに口角を上げる。

楽しいことがほとんどなかったリュカのこれまでの人生で、エリオとカミーユと過ごしたひとときの記憶だけは、今もキラキラと心の中で輝いている。どんなにつらいときでも、彼らとの楽しかった日々をよみがえらせれば笑顔になれた。

（お兄ちゃんたち、今どうしてるのかな……）

リュカより五つ年上の彼らはもう二十三歳。立派に成人して、国と王様を支える一流の花術師になっているだろうか。

――いつか父上に負けないくらい綺麗な花を咲かせて、胸を張って二人に再会する。

きっと一生叶(かな)うことのないその夢を、リュカは今も大事に持ち続けている。

「あっレム、ごめん。そろそろ行かないとだよね」

小さな前足でつぎはぎだらけの服をチョイチョイと引っ張られ、リュカは藁の寝床から起き出す。夜の闇にまぎれられる漆黒のマントを羽織り、フードを目深に下ろす。

フェルディアン王国は一年を通して温暖な気候だが、一日の中で気温差があり夜は少しだけ肌寒い。リュカはふるっと身震いしてから今にもくずれ落ちそうな小屋を出て、裏の畑に向かう。花術の練習をするために耕した、自分用の小さな畑だ。そこでそこそこ合格点の花ができると村の市場に売りに行っているのだが、買ってもらえそうな花はなかなか咲かせられないのが現状だ。

畑の脇には、リュカが自分で研究しながら作った肥料が山になっている。リュカはそれを柄杓ですくって手桶に入れ、やや危なげな足取りで歩き出す。結構な重さがあるが、毎晩のことなのでもう慣れた。

坂道をてくてく下っていくと、村の家々や花畑が見えてくる。

リュカの住むこのタルーシュ村は国の最端に位置する小さな村だ。代々力のある花術師である村長一家のほかは魔力の強い者は少なく、花畑に咲く花もポツリポツリで元気がない。

今の国王は基本平等主義とはいえ、見栄えのする丈夫な花を納められる村のほうが国からの支援も手厚く、どうしても豊かになる。タルーシュ村の人たちももっといい花を咲かせようとそれぞれが努力しているのだが、なかなかうまくいっていないようだった。

「キュキュッ」

花畑の上をふわふわと飛んでいたレムが、こっちこっちというように翼をパタつかせる。

土に栄養が足りないのか、その畑の花は半分くらい枯れてしまっていた。

(もしかしたら土の中に、花喰い虫の幼虫がいるのかも……)

花喰い虫は名前の通り花が大好物の害虫で、まだ体の小さい幼虫のうちに退治してしまわないと、あっという間に畑中の花を食いつくされてしまう。リュカの肥料には花に必要な栄養のほかに、虫を駆除する成分もたっぷりと入っている。

「可哀想に……よみがえるかな」

リュカは、柄杓で手桶からすくった肥料をパラパラと畑にまいていく。

花を咲かせるのは苦手だが、肥料を作るのは得意だ。その特製肥料には花が元気になるようにと願いをこめた、リュカの術もかけてある。

別に誰に頼まれたわけでもない。それどころか見つかったら怒られて、追い払われてしまうかもしれない。丘の上のボロ小屋に、おかしな獣と住んでいる変わり者の黒の魔法使いを、村から追い出したいと思っている人も多いだろうから。

好かれていないのはわかっている。けれど、リュカは構わない。少しでも村の人たちの役に立って、喜んでもらいたいと願っているのだ。

――リュカ、絶対に誰かを恨んだり、憎んだりしてはいけないよ。

幼いリュカの髪を撫でながら、父はよく言っていた。

――憎しみや恨みを抱えていると、綺麗な花を咲かせることができないんだ。花は人の心を癒すものだろう？　みんなを癒したいと思いながら咲かせてあげないとね。

父はそう諭しながら、見ただけで自然に微笑んでしまう可憐(かれん)な花をリュカの目の前で咲かせてくれた。

――おまえのことを好きじゃない人にも手を差し伸べ、喜んでもらえるように心を尽くしなさい。そうすればきっと、その心遣いはいつか倍になって戻ってくるよ。

はい父上、とリュカは元気いっぱいに頷いた。

尊敬する父の言葉を、リュカは今でも守っている。こうして毎夜レムと畑を見回り、肥料をまくのもそのためだ。

「キュキュ～」

「そっちも？ ……うわぁホントだ、元気がないね。いっぱいあげとかなくちゃ」

世帯の数だけある畑をすべて見て回るのは、なかなか骨の折れる仕事だ。ひと晩ではとても回り切れない。けれどリュカは、こうして村を歩くこの時間が好きだ。なんとなく、自分も村の一員になれたような気がするから。

「あ……」

ちょうど村を半分ほど回ったところで、リュカは足を止める。畑の脇に、中途半端ににょきっと生えた低木が目に入ったのだ。茎と数枚の葉だけで、花はない。

木の花を咲かせるのは草花よりも難しい。数倍の魔力を消費するので、花術師でもかなり上位の者でないと花を開かせるまでには至らない。この木を生えさせた人も、きっとここまでで魔力を使い果たして断念したのだろう。リュカもやってみたことがあるが、葉をつけるまでもいかなかった。

リュカは木に咲く花が好きだ。『雨の花』と呼ばれた父の代表作も低木花だったが、リュカの頭に印象的に残っているのは、謎の花術師『ファントム』の咲かせた花だ。

ファントムは正体不明、神出鬼没の天才覆面花術師だ。国内のどこかにふらっと立ち寄っては、人々をあっと言わせるようなインパクトのある花を残していく。彼——もしくは彼女——の現れる場所に規則性はないが、寂れた市場、病気の老人たちの収容施設、火事で焼け落ちた建物跡など、どこか寂しげな場所が多いのが共通点らしい。

ひと目見ただけでその派手やかさが心に焼きつき離れなくなるような、ファントムの花のファンは多い。リュカもファントムの花をどうしても見たくて、近隣の寂れた海岸に残されたというその作品を、一日かけて歩いて見に行ったことがある。太陽が燦々と輝く眩しい海辺に咲いたその花に、リュカは目も口もポッカリ開けて見入ってしまった。

低木に咲く大きな花だった。あざやかな原色の赤の、五枚の花弁がパッと開き、その中央に黄色く長い花柱がスッと立ち上がっている。眩しい日差しと青い海がぴったりなその花は南国の女王とでも呼びたくなる風格で、リュカをとにかく圧倒した。

燃え立つ情熱を花で表し人々の心に強引に印象を刻みつけるファントムは、リュカとはまったく違うタイプの術師だと直感した。ファントムのようになれるとは思わない。目指したいのは父のような人を癒す花術師だったが、自分と異なる魅力を持つがゆえに、彼——もしくは彼女——はリュカの憧れの存在となった。

「ファントムってどんな人なんだろうね、レム」

「キュウ」

「お花はすごく派手やかだけど、きっと優しい人なんだよね」

重い病で明日にでも天国からお召しがあるかもしれなかったお年寄りたちは、門の前に忽然と咲いていたファントムの花を見て、たくさんの元気をもらったらしい。両手を組んで拝んでいた人もいたという。

（もう一度、ファントムの花が見たいな……）

真似てみたいとか、そんな大それたことは考えていない。ただリュカも彼の力にあふれた花を見て、お年寄りたちのように元気をもらいたかった。

「あっ！」

いきなり近くから届いてきた声に、リュカとレムは同時に飛び上がった。たまに見かける高齢の男の人といきなり目が合う。

「お、おまえ……丘の上の、黒の……っ」

リュカとレムも固まってしまったが、相手の顔も引きつっている。当然だろう。普段は小屋にこもって出てこない、不吉な黒の魔法使いと夜中に出くわしてしまったのだから。

「そ、そんなとこで、何してるんだっ？」

「あ、あのっ、違……っ」

口下手なリュカはあわてると言葉が出なくなる。悪いことはしてません、と両手を振るが、男性の顔は険しくなってくる。

「うちの畑に何か怪しい薬でもまいてたんじゃないのかっ？　とっとと向こうへ行きな！」

しっしっと片手で追い払うようにされ、「ごご、ごめんなさいっ」と頭を下げて、リュカはこけつまろびつ駆け出した。レムは振り落とされないよう、頭にしっかりしがみついている。

ふうふう息をつきながらやっとの思いで丘を駆け上がり、ペタンと切株に腰を下ろす。

嫌われているのはわかっている。受け入れてもらえなくても構わない。

そう思っていたけれど、やはり直接冷たい言葉や眼差し（まなざし）を向けられるのはこたえる。

しょんぼりと肩を落とすリュカの周りをレムがパタパタと飛び、前に回ってニコッと笑って見せる。励ましてくれているようだ。

「レムありがと。おれ、大丈夫だよ」

リュカも気を取り直して微笑み返し、レムの大きな耳を撫でてやるとよいしょと立ち上がった。今夜はいつもよりたくさん肥料をまいたので、少し疲れた。朝までもうひと眠りしよう、と小屋に向かう。

「っ……？」

ビクッと肩を跳ね上げてリュカは固まった。

誰かが小屋の前にいる。こちらに背を向けているので、顔は見えない。

さっき会ったおじいさんが先回りして待ち伏せしているのだろうか。いや、そんなはずはない。明らかに見た目からして違う。

目の先にいる人物はすらりとした長身で、王宮にいる騎士のようないでたちをしている。

村の人間ではない。

（まさか、おれを捕まえに来たんじゃ……）

「キュ……」

しっと口を押さえる間もなく、怯えたレムが声を出してしまった。

騎士風の人が振り向き、リュカを見て大きく瞳を見開いた。

「リュカ・ミュレー！」

「えっ？」

フルネームを呼ばれたのは何年ぶりだろう。

騎士はつかつかと近寄ってくると、いきなりリュカの腕を摑み引き寄せた。次の瞬間には広い胸にしっかりと抱きこまれてしまい、カチンコチンになったリュカはうぎゃあああと心の中で叫びを上げる。

「やっと見つけた！　捜したぞおまえ！　こいつ、心配かけやがって……もう絶対離さないからな！」

容赦なく抱き締められ、何が何だかわからずリュカは目を白黒させる。

「キュウー！」

大混乱に陥り意識朦朧としているリュカの危機を救うべく、レムが男を威嚇しペチペチと小さな前足で頰を叩く。残念ながら、まったく効いていない。

「おっ、おまえも元気そうだなレム！　しかし相変わらずチビすけだな、おまえたちは」

無作法な騎士はハハハとほがらかに笑い、やっとリュカから離れてくれる。頭の先から足の先までをザッと見られ、リュカは石像のように固まる。

「おまえ、ずいぶんといかす格好だな。つぎはぎ多めなのはこの地方の流行か？　おまけにその小屋！　隙間風入りまくりで、換気しなくてもよさそうなのがいいよな」

失礼千万な男はやけに楽しげに笑いながら、リュカの頭をポンポンと軽く叩く。

「うっ」

若干馬鹿にされたように感じつつむっとしながらも何から聞いていいのかわからず、リュカはパチクリしながら改めて男を見上げ、ハッとした。

月の光に浮かび上がっているのは、見たこともないほど美しい人だ。夜目にもわかる金色の髪と澄んだ青い瞳。男らしく整った美貌は神々しいくらいで、神の御告げを伝える大天使様のようだ。

レム以外の誰かとちゃんと話すということ自体が、いつぐらいぶりかわからない。ましてやこんな、この世のものとは思えない凛々しくて美しい騎士様なんか、向かい合っているだけで力を吸い取られそうだ。

とにかく、一つだけはっきりしていることがある。彼はどういうわけかリュカとレムの名前を知っているが、リュカは知らない。こんなキラキラしたかっこいい人、一度会ったら忘

れようがない。

「なんだ、どうしたんだよ？　久しぶりに会ったたっていうのにつれないな。ほら、中で積もる話でもしようぜ。や、もう夜中だし、思い出話は明日にするか」

　美しすぎる人は呆然とするリュカをおいてけぼりにして一人で盛り上がり、まるで彼の家でもあるかのようにさっさと小屋のほうに戻っていく。

「このあたりで見かけたって聞いて、俺もここ三日三晩寝ないで捜してたからな。さすがに疲れたわ。ちょっと寝かせてもらうぞ。というか、これからしばらく同居な」

　あんぐりと口を開けるリュカに構うことなく、彼は当然のように小屋の中に消えていく。

（に、逃げなきゃ……）

　とっさに思った。

　何が起こっているのかさっぱりだったが、王宮の騎士がリュカを捜しに来たのならそれは捕えるために違いない。父の事件から十年も経ち、世間の目から逃れるようにひっそりと生きてきたリュカがどうして追われるのかわからないけれど、とにかく捕まりたくはない。

「キュウ〜？」

　謎の騎士のことが気になるらしく、しきりと首を傾げながら小屋のほうへ身を乗り出そうとするレムをひしと抱え、リュカは足音をひそめて丘を駆け下りていった。

＊

「キュッ、キュッ」

何かカサついた感触のものに顔を覆われ息苦しくなって、リュカは目を開ける。一度くしゃくしゃにしてからまた引き伸ばしたような紙を、レムがリュカの顔にパサパサと当てている。

眩しい。昇りかけた朝日が、人気のない草原を暖かく包んでいる。

「ん……、レム、おはよ」

起き上がり目に入ったいつもと違う景色に、一瞬自分がどこにいるのかわからなくなった。

（そうだ、昨夜、変な人がうちの前に……っ）

突然現れた謎の騎士から逃れるように、リュカは丘を駆け下り、村はずれのこの草原まで来て一夜を明かしたのだ。

「なんだったんだろ、あの人」

思わず声に出してつぶやいてしまう。

目を瞠るほどのその美しさは、今もはっきりと思い浮かべられる。いかにも高貴な凛々しいいでたちなのに気さくな……いや、気さくを通り越して無礼で荒っぽい物言いは、いささか残念すぎるほどだった。

——やっと見つけた！　捜したぞおまえ！

いきなりぎゅっと抱き締めてきた力強い腕の感触と、いい匂いのする広い胸を思い出し、リュカは熱くなってくる顔を扇ぐ。レムも持っている紙でパタパタと扇いでくれる。

「いい、いきなりあんなっ……失礼だよね」

ねぇレム、と相棒に同意を求めながらも、あんなふうにぎゅっとされたのがそれほど嫌ではなかったことに気づいてあわてる。ずっと独りだったから、他人に与えられるぬくもりみたいなものに飢えているのだろうか。

「キュキュッ」

レムが右前足でリュカのフードを引っ張り、丘の方角へと少し飛んでは戻ってくる。うちに帰ろうと言っているのだ。

さて、どうしたものか。考えたくはないが、あの騎士はまだリュカの小屋にいるのだろうか。

(そんなわけないよね？　あんなかっこいい人が夜中にいきなりうちに来るなんて、やっぱりあり得ないよ)

きっと夢を見たのだと強引に結論づけ、リュカは気合いを入れてしゃきっと立ち上がる。日が高くなってくると村人に見つかってしまうかもしれないし、丘の上の小屋のほかにリュカには帰るところがない。

元気よく立ったはいいが足取りは重い。のろのろと進む横から、レムがさっきから持っている紙を差し出してきた。

「あっ、レムありがと！」

『ジュルナル・フェルディアン』と題がつけられた、いわゆるこの国の情報紙だ。月に一回発行されすべての国民に配られるが、もちろんリュカのところには届けられない。村の人が読み終えて捨てたものを、レムが拾ってきてくれるのだ。

国民の枠から弾かれているリュカだが、国で何が起こっているのかは知っておきたい。最期までこの国を愛していた両親と同じように、リュカだってこのフェルディアン王国が大好きだから。

ちなみにその情報紙は、王室が公式に発行しているものではないので堅苦しくなく、国民が喜びそうなちょっと野次馬的な視点の情報が満載なのも読んでいて楽しい。

最新号の一番上の記事は、国民が常に注目している王室関係の内容だった。現国王の一人息子である王子が、正式な跡継ぎとして承認される儀式が十ヶ月後に決まったというものだ。その式の後に国民へのお披露目式があり、そこで王子が直接言葉をかけられるらしい。

「王子様かぁ……どんな方なんだろ」

城にいたときですら、リュカは王子様にも王様にもお会いする機会がなかった。

当時耳にしたところでは王子は王宮の奥の奥で大事にされ、特別な教育を受けているという話だった。人格的にも能力的にも秀でていて、生まれながらの気品も備え、若くしてすでに王者の風格らしい、というのは『ジュルナル・フェルディアン』の記事で以前読んだ。

ふいに、懐かしいカミーユの顔が浮かんだ。気品があって知的で優しく、天上人のように美しい。王子様は彼のような人ではないかと想像してしまう。

一緒に原っぱで遊んではいたが、リュカはカミーユたちがどんな家の子息かは知らなかった。

「カミーユが、ホントに王子様だったりして……」

なかなかいい線いっている想像に、リュカは一人でフフッと笑う。とすると乱暴者のエリオは、王室軍の一番隊長か何かだろうか。

成長したエリオを思い浮かべようとしてふとしたひっかかりを感じ、リュカは首を傾げた。

このもやもや感は何？　と突き詰めようとするリュカのフードを引っ張り、レムがパンパンと前足で紙面を叩く。そこじゃなくて読んでほしいのこっち、と訴えているようだ。

「キュキュッ」

記事には続きがあり、読み進めていくリュカの目はパッチリと見開かれた。

「花術師の、大会？」

王位継承者承認の儀式を記念して、それに先立ち国一番の花術師を選ぶ王室主催の大会が催されることになったという内容の記事に、リュカの心臓はトクトクと高鳴ってくる。

優勝者には最高位の花術師の栄誉とともに、王の重臣としての地位が与えられるという。この大会は国内に埋もれている秀でた花術師を発掘する目的もあり、ついては各村で一人ずつ代表者を選び、半年後に城下で行われる予選に参加させるようにとのお達しがあったようだ。

「びっくり……すごいねレムッ」

珍しく興奮してしまうリュカに、レムもプルプルと翼を震わせ同意する。

「どんな花術師が集まるんだろうね。きっとすごい人たちばっかりだよ。予選、見に行きたいね」

完全に部外者側に立ったリュカの素直な感想に、レムがパシッと右前足を自分の額に当てガクッとうなだれる。人間みたいな仕草が愛嬌があり愛らしい。

「キュキュキュッ!」

「え、何? 怒ってるの?」

「キューーッ!」

抗議するようにブンブンと前足を振る相棒に首を傾げたとき、

「やーっと帰ってきたか! ったく、どこ行ってたんだよ? 心配するだろう!」

いきなり声を浴びせられて、全身がカチンと固まった。

情報紙を読みながら丘を上っているうちにいつのまにか戻ってきていた小屋の前に、不機嫌な顔の美形騎士が腕組みをして立っている。昨夜のことは、どうやら夢でも幻でもなかったらしい。

「これから出かけるときは必ず俺に言っていくこと。それが同居のルールだ。いいな? チビすけども」

「っ……」

——チビすけども、ボケッとしてんなよっ。

心の奥にしまった大切な記憶の中からよみがえってくる声。お日様のような金髪と明るい青空色の瞳。

やんちゃなお兄ちゃんの成長した想像の姿と、目の前の人がぴったりと重なる。

「も、もしかして……エリオ、なの？」

呆然とつぶやくリュカに、彼は美しい顔を思い切りしかめる。

「ちょっと待て、おまえまさかわからなかったのか、俺のことっ？」

「え、だってっ……ホントにエリオッ？」

「そうだよ！　こんないい男この世に二人といないんだから、気づかないほうがおかしいだろう。まぁ、おまえは昔からぼんやりだったから仕方ないか」

「エリ……ッ！」

「キュウ――――ッ！」

思わず一歩前に出たリュカより先に、エリオに飛びついていったのは相棒のほうだ。しっかと胸にしがみつくレムを「なんだ、おまえもわからなかったのか？　ひどいな」と笑いながら、エリオが抱いて撫でてやる。

リュカは踏み出した足をあわてて元に戻す。危なかった。衝動的に抱きついたりしたら昨夜みたいにぎゅっと抱き返されて、また意識朦朧としてしまうところだった。

だって、目の前のエリオは昔の彼とは違う。中身は変わっていないようだけれど、背は伸び肩幅も広くなって、本当に別人のようにかっこよくなってしまったのだから。

「ほら、朝飯できてるぞ。早く中に入れよ」

自分のうちのように親指で小屋を示す、華麗に成長した幼馴染みのお兄ちゃんを、リュカはパチパチと瞬いて何度も見直してしまった。


「お、おいしいっ。すごくおいしいっ」

「キュッ、キュキュッ」

エリオが用意してくれていた朝食を、リュカとレムは脇目も振らず口の中に詰めこんでいく。ふんだんに具材の入った濃厚なスープは絶品で、リュカにとっては久しぶりのご馳走だった。

「すごい勢いだな。おまえたちこれまでどんなものを食べてきたんだ？」

その食欲にはエリオも呆気に取られている。

「畑でとれたお野菜に、お塩をつけて……」

「栄養のかたよりは魔力に影響するぞ。花術師ならそこまでちゃんと考えないと……といっても、無理だったか。母上も亡くなってたんじゃな」

エリオは見るからに貧しい小屋を見回し、痛ましい表情になる。

花を売って得られるお金は微々たるものなので、たいした食料は買えなかった。たまに、村人たちが捨てたできの悪い野菜をこっそりいただいていたのだが、それを知られたら『情けないヤツめ』と叱られそうな気がして、あえて黙っていることにする。

「エリオは、お料理が上手なんだね」

話をそらすようにほめると、「まぁな。俺はひと通りのことはなんでもできるんだ」と胸を張る。そういうところは昔と変わらない。

「とにかくこれからは、俺が三食ちゃんとした食事を作ってやる。腹が空(す)いてると術も使えないからな」

「えっ、あの、じゃあ、ここに住むっていうのは、本気で……」

「当然だ。言っただろう？　もう二度とおまえから離れないって」

真剣な瞳を向けられ心臓がトクンと跳ねる。その顔はやめて、かっこよすぎてドキドキするから、と秘かにうろたえながら、リュカは視線を泳がせる。

「おまえの父上のことがあったときは、俺も子どもだったからな。何もしてやれなくてもどかしかった。おまえが母上と城を出ていったと聞いたときは本当にショックだったし、心配したよ」

当時を思い出しているのだろう。眉がつらそうに寄せられ、リュカの胸もぎゅっと痛くなる。

「それから、ずっと捜してた。城の外に出られる年齢になってからは自分の足であちこち歩いて、おまえの噂を聞いて回ったよ」

「ホント……？」

びっくりした。母と各地を放浪している間、お兄ちゃんたちはどうしているかなと考えることはあった。だがきっと、自分のことなどもう忘れてしまっただろうと諦めていたのだ。まさかずっと心配して、捜してくれていたとは思わなかった。

「本当だ。もちろん俺だけじゃなく、カミーユだって同じくらい心配してる。そうだ、あいつにもおまえが見つかったって知らせないとな」

「カミーユ！　元気でいる？」

優しい微笑みが頭によみがえり、つい声が弾んでしまった。

「なんだよ。俺と再会したときとはずいぶん違うじゃないか」

エリオが憮然と顔をしかめ、苦笑する。

「あいつも元気だよ。二人でずっとおまえのことを話してた。連れ戻したら今度こそ、俺たちで守ってやろうってな」

「え、嘘……」

「大体どうしておまえと母上が城を出ていかなきゃならない？　おまえたちが城内を騒がせ

っ」

エリオは怒りに任せて拳を地に打ちつける。どうやら彼は、リュカたちのために本気で怒ってくれているらしい。

ずっと気にしてくれていた人たちがいた。自分のために怒ってくれていた人たちがいた。

そのことにじわじわと嬉しさが湧き上がり、リュカは潤んできた目をあわててこすった。

「エリオ……あの、ありがとう」

「キュッ」

リュカはレムと一緒にペコリと頭を下げる。

国のはずれのこんな村まで、わざわざ捜して会いに来てくれた。もうそれだけで十分だ。大好きなお兄ちゃんたちとこれからも心でつながっていられるのなら、リュカはレムと一緒に今までどおりここでひっそりと生きていけるだろう。

「ずいぶんと苦労したんだろうな……。でも、もう大丈夫だ。俺がいる。俺がおまえを、今の生活から引っ張り出してやる」

エリオはきっぱりと言い切ると、食事の並べられた台の上に、広げた紙をバンと置いた。

リュカはギョッと瞬く。それはさっきまで見ていたものと同じ、『ジュルナル・フェルディアン』の最新号だった。

「リュカ、おまえこの大会に出ろ」

「はひっ？」

驚きすぎて変な裏声が出てしまう。『この大会』というのは、まさか国一番の花術師を決める大会のことだろうか。

肩の上でレムが「キュ――――ッ」と賛同の声を上げる。

「最終目標は当然優勝だが、まずは村の代表になることを目指せ。俺が全力で手助けしてやる」

「ままっ、待って……えっ？　本気、なの？」

「冗談でこんなことが言えるか。この上なく本気だ」

相手の正気を疑いながら、リュカはあわあわと唇を震わせる。

エリオはおそらく知らないのだ、リュカが子どもの頃から花術師としてはほとんど成長していないことを。もしかしたら、そこそこ大人になり魔力も強まって、父のような花を咲かせられるようになっただろうと誤解しているのかもしれない。

「なんて顔してる。大丈夫だ、おまえの今の力はわかってる。裏の畑、おまえのだろう？　今にも萎れそうなチビた花がポツポツ咲いてたが」

相変わらず気遣いの欠片（かけら）もない物言いが懐かしい。

「えっ、み、見たんだったらどうして……おれ、無理だよっ？」

顔を引きつらせて座ったまますり下がるが、エリオは立てた人差し指をビシッとリュカに突きつけた。

「いいか、あれはおまえの実力じゃない。おまえの魔力はあんなもんじゃないんだよ。リュカ、おまえは自分で、どうせ駄目なんだっていう呪いをかけてるだけだ。その枷が外れれば、化ける。本来のおまえの力が発動すれば、癒しの花術師ジスラン・ミュレーを越えられるかもしれないぞ」

いやあり得ない、買いかぶりすぎだ、と反論したかったが、エリオの熱意に気圧され言葉が出てこない。

信じられないが、彼は本気だ。本気で、リュカが大会に出場できると思っている。

「でで、でもっ、だけど……っ」

「わかった。おまえが自分を信じられないなら、俺を信じろ。おまえにはできる。それだけの才能がある」

「エリオを、信じる……？」

「そうだ。足りなけりゃ、俺とカミーユとレムを信じろ。いいか？　おまえをこのまま城に連れ帰って、元の生活に戻してやるのは簡単だ。けどな、俺はおまえに自分の力でここから抜け出してほしいんだ」

「そ、そんなこと、できるの……？」

「おまえができると思えばできるんだよ。もちろん、一人でがんばれとは言わない。俺がいる。俺が助けてやる。おまえを心から信じてる、この俺がな」

「キュッ、キューッ！」

ボクもいるよと言うように、レムもニコニコしながら翼をパタつかせる。

心の中のずっと凍りついていた部分が、少しずつ溶けていく感覚。麻痺していたところに温かい血が通っていくような昂揚感。

こんな気持ちになるのは久しぶりだ。信じられる誰かがいるということ。信じてくれる人がいるということが、これほどまでに意欲を湧かせてくれるなんて……。

「し、信じる」

自然と口にしていた。

「おれ、エリオとカミーユとレムを、信じる」

信じる、というより、信じたいと思った。

こんなにも真剣な目で『できる』と言ってくれる人がいる。だったら応えたい。応えられるよう、せめてがんばってみたい。

「よし、いい返事だ」

光り輝くお日様のように、エリオが笑った。かっこよすぎるその笑顔は本当に反則だ。目の毒としか言いようがない。

「そうと決まれば早速今日から特訓だな。言っておくが俺の指導は甘くないぞ。村の代表選出締め切りまで半年しかないし、ビシビシいくからな！」

「は、はいっ！」

つられてしゃきっと背筋を伸ばしながら、ちょっと早まったかな、という後悔が微（かす）かにリユカの胸をよぎった。

＊

「集中しろ。気持ちを澄ませて……こら、よそ見をしないっ」

「はは、はいっ」

「心の中にイメージしろ。色や形、細かいところまで、曖昧にするな。力の流れを感じろ。指先まで通せ。……どうだ？」

「う、うんっ、いけそう……えいっ」

かざした両手からありったけの魔力を放出し、目を開けた。

「あれっ？」

目の前に咲いているのは、おかしな形のちんまりした花がたった三輪だ。中途半端な紅色で花びらの形もそろっていない。見るからに失敗作だった。

隣ではエリオが額に手を当て、レムは天を仰いでいる。

（今度こそうまくいくと思ったのに……）

リュカはがっくりと肩を落とした。

エリオのスパルタ訓練が始まってから早二ヶ月。甘くないぞと言っていたとおり、彼の指導は厳しかった。

おまえは基本のキからやり直さないと駄目だな、と言われ、朝から晩までみっちり講義と実習。三度の食事はエリオが用意してくれるし、生活費も下宿代だと出してくれるので、リュカはただ花術の勉強だけしていればいいのだが、これまでの自由気ままな毎日からするとかなりのハードスケジュールではあった。一日が終わると疲れ果ててばったりと熟睡してしまうので、つらい夢や悲しい夢を見なくてすむのはありがたかったけれど。

（それと、あんまりエリオのことを意識しないですんでるし……）

昔のやんちゃ坊主のイメージが重なるようになってからは近寄りがたさはなくなったが、成長したエリオはやはり直視できないほどかっこいい。騎士の服装は目立つからと、今は村の人と変わらない庶民の服を身に着けているのだが、それでも類まれな美しさは到底隠せない。

まれにほめてもらえるときニコッと微笑まれたり、夜狭い寝床に二人と一匹でぎゅうぎゅうに入って、寒くないか、と肩に触られたりするときは、さすがにドキドキしてしまう。

浮ついた気持ちでいるとエリオにはすぐに見抜かれて、実習中に気を抜くなと叱られてしまうので、リュカはなるべく彼を見ないようにしながら、花のことだけを考えて日々を過ごしている。

ともあれ充実した特訓のおかげで、リュカの花術は目に見えて上達していた。栄養バランスのとれた食事をしっかり摂るようになってからは、ガリガリだった体もひと回り大きくなったしその分魔力も強くなった。

そうなると、当然花も変わってくる。以前はポツンポツンと萎れかけた花をまばらに咲かせるのが精一杯だったのに、最近はピンと首を伸ばした元気な花を、調子のいいときは畑全体に咲かせられる。

基本がひと通り終わると、魔力の流し方、花のイメージの仕方を教えてもらえるようになった。我流でやってきたリュカにとっては初めて知ることも多く、これまでの自分のやり方がいかに非効率だったかよくわかった。そういったあれこれは本来なら城内の花術教室で最初に教わることで、リュカの成長を見ながら自分とカミーユとで少しずつ教えていこうと計画していたのだ、とエリオは話す。

——いいぞ、おまえはなかなか覚えが早い。

うまくいったときは、エリオはそうほめてくれる。子どもみたいに頭を撫でられるのはちょっと恥ずかしいけれど、厳しい師匠の笑顔を見るとリュカも嬉しくなるし、思った通りに花を咲かせられたときはレムと一緒に小躍りしたくなった。

といっても、まだ国一番どころか村の代表にだってなれるはずのないレベルなのだけれど……。

（あと四ヶ月でなんとかなるって、エリオは本気で思ってるのかな……？）

不安と焦りが邪魔をするのか、このところリュカは調子が悪い。失敗作で畑を埋めつくしては、師匠と相棒の肩を落とさせている。

「どうもイメージがはっきりしてないな。中途半端だ」

おかしな形の葉っぱとも花ともつかない作品を手に取って眺めながら、エリオが眉を寄せる。

「おいリュカ」

低い声で向き直られ、叱られるのかとリュカは体を強張(こわば)らせた。

「おまえの得意な花はどんな花だ？」

「得意？　あ、ありませんっ」

きっぱりとしたネガティブな答えに、エリオは天を仰ぐ。

「あーわかった、得意じゃなくていいから、咲かせやすい花は？」

「えっと……小さくて可愛いお花、いっぱい」

「だよな。おまえに向いてるのはジスランさんみたいな花だ。そうだろう？」

コクコクと頷く。父のような花を咲かせるのが、昔からのリュカの目標だ。

「雨の花みたいな、木の花を咲かせてみたい」

百年早いわと怒鳴られるかもと、もじもじしながら打ち明けると、エリオは意外にも深く頷いた。

「まぁ、木の花は今のおまえにはまだちょっと無理だけどな。路線としてはそっちで正しいよ。けどこの花は……」

失敗作をちょんと指先でつつく。

「イメージがぶれてる。おまえなんか、妙な影響受けてないか？」

「えっ……それは、えっと……」

さすが師匠だ。ずばりと見抜かれてしまった。エリオが身を乗り出す。

「なんだ、言ってみろ」

「た、大会に出るんだったら、もっとパーッと、目立つお花のほうがいいかなって……」

「それで？」

「で、お花のイメージ、借りてみたんだけど……憧れの人の……」

「憧れっ？　そんなヤツがいるのかっ？　誰だ一体！」

やけに勢いこんで怒ったように聞かれ、リュカはひぃっと身をすくませてしまう。

「ファ……ファントム……」

「はぁ？　ファントムって……あの路上花術師かっ？」

「う、うん。大好きなんだ」

エヘヘ、と照れて口元をほころばすリュカの頭が、パシッと大きな手ではたかれる。

「痛っ」

「馬鹿か、おまえはっ」

両手で頭を押さえ見上げると、エリオは完全に呆(あき)れ顔で脱力している。

「人真似で勝てるような大会じゃないぞ。しかも、よりによってファントムだぁ？　おまえには十年早いわっ」

言われてしまった。『百年』ではないので、まだ希望があるというところか。

「リュカ、おまえにはおまえの個性がある。それを大事にしろ。おまえにファントム的な花を咲かせられないように、ファントムにもジスランさんやおまえみたいな花は咲かせられないんだ。ということで、もう一度聞くぞ。おまえの咲かせやすい、好きな花は？」

「ち、小さくて可愛い花、いっぱい」

「そうだ。おまえにはそれが一番合ってる。それでいけ」

「う、うん。だけどあの、何かうまくイメージできなくて……どうすればいいのか……」

一応しゃんとした丈夫そうな花を咲かせられるようにはなったものの、心の中にイメージを作り出すのがリュカはどうも苦手だった。斬新なものが浮かばず、どうしても定番な形の花になってしまうのだ。失敗を恐れ、手堅く咲かせたいという消極的な姿勢がいけないのかもしれない。

「目新しいものを咲かせようと変に気張るなよ。人の花を真似るのも駄目だ。う～ん、そうだな……」

エリオはしばし考えこんでからパチンと指を弾いた。

「そうだおまえ、誰かに贈るつもりでやってみろ」

「えっ？」

「誰かがおまえの花を見て笑ってくれる。そういうのをイメージしてみろ。特定の人物の好みを考えれば、イメージしやすくなるだろう。よし、試しにレムでやってみろ」

「キュッ？」

二人の会話をふんふんと聞いていたレムが、ぴょんと飛び上がりそわそわし出す。向けられる黒い目はキラキラしており、これはかなり期待されているようだ。

「レムにあげる花……うん、おれやってみるね！」

確かに、ゼロから生み出すよりはうまくいきそうだ。リュカは集中し目を閉じる。

レムは体が小さいので花も小さなものが好きだ。体が黒いからか、色は白を好む。大きな葉や茎は彼の前足では持てないので、細い茎に白い花をいっぱいつけて……。

（できる……っ）

かざした両手に魔力をこめる。力がスッとスムーズに抜けていく感覚が、さっきまでとは全然違う。きっと迷いがなくなったからだ。

目を開けて、自分でも「わぁっ」と声が出てしまった。

畑の半分ほどが真っ白な小花で埋まっている。緑色の細い茎に白い花が無数に咲き誇る光景は、まるで森に霞がかかったようでとても綺麗だ。

「キュウウウッ！」

レムがニコニコ笑顔になって花の上をパタパタと飛び回る。どうやら気に入ってもらえたらしく、リュカも嬉しくなってきた。

「やったな！　いいじゃないか」

エリオにいきなり肩を抱かれて、リュカは「わわっ」とあわてる。そっと見上げると、彼も嬉しそうだ。

「おまえらしいいい花だ。今の感覚忘れるなよ。あとは、もう少し範囲を広げられるといいな。おまえの花は咲かせる面積が広いほど映えるから」

「うん！　ありがとうエリオ！」

これまでで一番、満足のいく花を咲かせられた。両親が生きていてこの花を見たらなんと言っただろう。きっと喜んでくれたはずだ。

「ジスランさんにも見せたかったな」

エリオも同じことを思ってくれていたらしい。リュカは思わず彼の横顔を見る。エリオはどこか遠くを見るように目を細めて、花畑を見つめている。

「ジスランさんはよく言ってた。悲しい思いをしてる人が癒されて、つかのま幸せになってくれるような花を咲かせたいって」

「それ、おれも父上から聞いてたよ」

——花で人を笑顔にできたら嬉しいね。

——悲しいときも怒っているときも、花を見れば皆気持ちが安らぐ。花は本当に素晴らしい。

父の穏やかな声は、まだはっきりと耳に残っている。自分のほかにもその言葉を覚えてくれている人がいたことに、リュカの胸はじんわりと温まる。

「エリオはどうして知ってるの？　いつ父上から聞いたの？」

「や、俺もカミーユも子どもの頃は、結構無邪気に追っかけてたからな、ジスランさんを。おまえがファントムに憧れるみたいに」

エリオはちょっと照れたように笑う。

「あの人の血を継いでるおまえがうらやましかったよ。おまえのことをしょっちゅういじってたのは、まぁ、やきもちもあったのかもな」

二人が父をそこまで想っていてくれたなんて知らなかった。見るからに正統派の貴族の子息である彼らも、事件以降はほかの人たちのように、父や自分を不吉な騒乱の元と感じているのではと不安だったけれど……。

（そんなこと、全然なかった。エリオは今も、おれや父上のことを普通に受け入れてくれてる……）

「リュカ」

エリオがまっすぐな瞳を向けてきた。澄んだ青空のような綺麗な色だ。

「俺はあの人の花がもっと見たかった。ジスラン・ミュレーがもしまだ生きていたら、俺たちが想像もつかないような素晴らしい花を咲かせていたはずだ。結局見られなかったその花を、俺はおまえがいつか見せてくれると思ってる」

リュカは驚いて目を見開く。真摯な眼差しが胸に刺さってくる。

「俺の願いまでおまえに背負わせて、悪いとは思う。でも、これはっかりはおまえにしかできないことなんだ。やってくれるか？」

断れるわけがない。エリオの願いは、リュカの目標と同じなのだから。

「うん、やるよ。おれ、がんばる」

リュカはぎゅっと両拳を握った。

目の前で、薄霞のような可憐な花が揺れている。今はまだどんなものか想像することもできないが、いつかエリオに見せられる気がする。父が咲かせるはずだった、見たこともないような素敵な花を。

「いい返事だ」

エリオはニコッと嬉しそうに笑って、リュカの黒髪をくしゃくしゃにかきまぜた。子ども扱いが嫌でいつもは手を払うのだが、今はぬくもりが心地いい。

「まぁでも、今の状態じゃいつまで待たせられるかわからんけどな。俺とカミーユがよぼよぼになって目が悪くなるまでには、ちゃんと見せてくれよ」

「むぅ〜っ」

ひと言も言い返せず、リュカはえいえいっとエリオの肩をはたく。

「おっ、久しぶりにこの攻撃がきたかっ」

エリオは子どもの頃のように大げさによけながら、アハハと笑う。レムも口の端を上げ、摘んだ霞の花でエリオの首をこしょこしょとくすぐっている。

楽しいし、嬉しい。エリオといるとリュカも笑いたくなる。レムもいつも笑った顔でいてくれる。

この夢みたいな日々が一日でも長く続きますように、とリュカは秘かに祈った。

＊

――誰かを笑顔にするために。

そう思いながら力を溜め、放つようになって以来、リュカの花術はめきめきと上達していった。霞の花を咲かせてコツを摑んだリュカはさらに修練を積んでいき、花の種類を増やし、咲かせる範囲も広げてきた。

それでも師匠の評価は相変わらず厳しく、まだここが足りない、あそこが足りないとビシビシしごかれる。そのたびにリュカは涙目になり、あまりの辛口批評に耐えられなくなると、スパルタ教師を　バシバシとはたきながらがんばってきた。

けれどうまく咲かせられたときは、エリオはもしかしたらリュカ以上に喜んで、ほめちぎってくれる。大きな手で髪をくしゃくしゃに撫でられ、よくやったと微笑んでもらうと、リュカも嬉しくてドキドキしてくる。レムも踊りながら畑を飛び回ってくれる。

（エリオとレムのために、もっとがんばろう）

腕が上がるごとに花術も楽しくなってきて、最近は修練の時間を心待ちにしているリュカだ。

「おいリュカ、出かけるぞ」

朝食を終えいつものように畑に行こうとしたリュカを、エリオが呼び止めた。

「あ、うん。いってらっしゃい」

エリオは十日に一度、買い出しやその他の用事で村に下りていくのだ。けれど、今日の彼は違う違うと笑って手を振った。

「おまえも行くんだよ」

「えっ、おれもっ？」

「そう、一緒にな。市場と、あと俺は村長にも話があるんで。村の代表選考会におまえを出場させてもらわないとな。おまえもたまには村を見たいだろう？」

「ううん、別にっ」

ブルブルと首を横に振った。

　こんな日の高いうちから村の中を歩き回ったことなんか一度もない。行くとしても昼間は市場の隅っこだけで、それも目立たないようういつもひっそりと身を潜めており、積極的に行動するのは夜が更けてからだった。

　レムも不安なのか、肩の上で固まってしまっている。

「まぁ、いいから行こうぜ。朝市でおまえの好きなもの買ってやるから」

　ほら、と腕を摑まれ、リュカはひぃっと声なき叫びを上げる。レムも嫌がってリュカの首根っこにしがみつくが、強引なエリオに抗えるはずがなかった。


　村の市場は朝市でにぎわっていた。フードを深くかぶったリュカはエリオの背中に隠れ、なるべく周囲を見ないように歩いていたが、

「ほら、もっと堂々としてろって」

と、隣に引っ張り出されてしまった。

「ひぃっ」

「情けない声を出すな。大丈夫だ。俺がついてるだろう？」

　ポンポンと背を叩かれ、少しだけ落ち着いてきた。相棒の緊張が解けたのを感じたのか、

レムもリラックスし始めキョロキョロと周りを見ている。

　エリオが隣にいても、いや、いるからなおさらなのか、集まってくる視線を感じる。黒いフードつきのマントで、皆エリオの連れが丘の上の小屋に住む黒の魔法使いだと気づいているし、昼間はこもって出てこないリュカがこんな朝から姿を現したことに当惑しているようだ。あからさまに睨んできたり、大声で追い払おうとする者はエリオのおかげでいなかったが、珍しいものでも見るような目線が痛い。

「おはようございます、エマさん」

「あらおはよう。エリオ先生」

「シモンさん、今日もいい天気ですね」

「そうだな。エリオ先生は買い物かい？」

　リュカのことを訝しげな目で見る村人たちに、エリオはにこやかに挨拶し、彼らも笑顔で返してくる。

　リュカはあんぐりと口を開けて、スパルタ師匠のときとは人が変わったように愛想のいいエリオを見上げる。

　彼がたまに村に下りて、村人たちの花作りに助言をしていることはリュカも知っていた。リュカに対するときと同じようにビシビシ駄目出しして、のんびりした気質の村の人たちの大ひんしゅくを買っているのではないかと心配していたのだが、どうやら杞憂だったようだ。

見るからに好青年の（皮をかぶった）エリオは大人気で、大人たちは尊敬の、若者たちは憧れの眼差しを彼に向けている。

お日様のような笑顔を惜しげもなく振りまいているエリオを見ながら、リュカは嬉しいような寂しいような複雑な思いを噛み締める。

（エリオは、みんなに好かれてるんだ……）

皆リュカの存在は無視して、エリオのほうだけを向いている。そんなふうに無視されるのは慣れているはずなのに、なんだかとても寂しい。

「キュキュッ」

リュカがしょげたのを感じたのか、レムが慰めるように頬をすり寄せてきた。大丈夫だよ、と相棒を撫でると、ふわふわの毛並みに硬くなった心がゆるむ。

「リュカ、大丈夫か？」

気遣うように顔をのぞきこまれた。一見無神経そうに見えるエリオだが、いつもレムと同じくらいリュカの心を汲んでくれる。

「う、うん、大丈夫だよ」

「安心してろ。みんなおまえの花を見たら、一発でおまえを好きになるから」

エリオはニコッと笑って軽く片目をつぶった。

「それに大会の本選では、それこそ大勢の観客の前で花術を使うことになるからな。ある程度人慣れしとかないと集中力が削がれる」

「エ、エリオ、あのね、それなんだけど……」

　いい機会だ。ずっと思っていたことを、リュカは思い切って言ってみることにした。

「おれ、どうしても大会に出なきゃ駄目かな？」

「はぁ？　今さら何言ってるんだ」

　目を剝く師匠に首をすくめる。レムまで「キュキュッ？」と二本足立ちになってリュカを見ている。

「おれ人前とか苦手だし、みんながおれのこと嫌ってると思うと、怖いし……。エリオのおかげで花、結構咲かせられるようになったし、それでもう満足っていうか……。自分の好きなときに、好きな花を咲かせて、それを誰かに見てもらえたらそれだけで嬉しいかなって、思うんだ」

　ものすごくいっぱいしゃべってしまった。話すこと自体が不得意なので、ちゃんと気持ちが伝わったかと心配になったが、エリオは理解してくれたようだ。深く頷いている。

「そうか……おまえとしては、そうだろうな。おまえに大会に出てほしいっていうのは俺のわがままもあるから、それは申し訳ないと思ってる。悪いな、リュカ」

　怒られるかと思ったら謝られてしまい、「ううん、そんなっ」とリュカはあわてる。

「けど……うん、そうだな、おまえさ、三人の人より三十人の人を笑顔にしたいと思わないか？」

「えっ……」

頭の中に三人の笑顔と三十人の笑顔が並んで浮かぶ。もちろん、大勢のほうがいい。嬉しさは笑顔にした人の数に比例するから。

「俺はな、人を癒す能力を天から授かった人間は、それを使う義務があると思ってる。能力には個人差はあるが、おまえには間違いなく天賦の才がある。おまえの花を見て、多くの人間が救われる。それって誰にでもできることじゃないぞ。すごいことだと思わないか？」

弾かれ者の自分が、たくさんの人に笑顔と癒しを届けることができる。それは本当に夢みたいなことだ。

——みんなを癒したいと思いながら咲かせてあげないとね。

父をねたんだり、疎ましく思っている人は大勢いた。けれど父はいつも優しく微笑んでそう言っていた。そして分け隔てなく、たくさんの人の心を癒した。

（おれにも、できるかな……）

今はリュカのことを不審げに見ている周囲の人たちも、笑ってくれるようになるのだろうか。リュカの咲かせた花を見て……。

「それにな、大会で勝ち進んだら、きっと会えるぞ」

ニヤッと笑ったエリオが切り札とばかりに差し出した紙を受け取り、リュカとレムは声を上げる。

『ジュルナル・フェルディアン』の号外だ。最新記事の見出しは『王室主催花術師大会まであと五ヶ月！　最有力優勝候補、花術師・ブランにインタビュー！』となっている。

「ブランって……有名な人だよね。確か、王様専属の花術師で、お城の花を飾ってる……」

「そいつはおまえの大好きなカミーユだよ。ブラン（白）は通称だ」

「えええっ！」

リュカとレムは前のめりになって記事に食いついた。

『国王フェルディアン四世陛下に国の至宝と言わしめた稀代の天才花術師・ブランが、王位継承者承認式記念として行われる大会への出場に意欲を見せている。城下に限らず地方の村々にまで出場枠を与え、埋もれている優秀な花術師を発掘しようとする今大会の試みにはブランも大いに賛同の意を示しており、自身も一花術師として全力を尽くしたいとのこと。王室御用達の花術師である彼の華麗にして清らかな花を、間近で見られる日が待ち遠しい。』

ザッと要約するとそんな内容の記事で、その後に本人への短いインタビューが掲載されていた。

——国を代表する花術師であるあなたの実力なら、この大会への出場は少々役不足かと思われますが？

——とんでもありません。私の知らない優秀な花術師が、まだまだ国内にはいるはずですので。その方たちと競い合えるのを心から楽しみにしています。

――ずばり、優勝される自信は？

――（涼やかに微笑んで）もちろん、ありますよ。王室専属花術師の名誉に賭けて、この私が最高位であることを証明してみせましょう。

「むうううっ」

「キュウウウッ」

リュカもレムも大興奮だ。ありますよ、と優雅な微笑みで言い切るカミーユの、成長した想像の姿が頭に浮かぶ。

かっこいい。かっこよすぎる。

「どうだ、出る気になったか？　や～、カミーユも会いたいだろうなぁ。おまえが本選に進んだら、そりゃあ喜ぶだろうなぁ」

エリオはリュカの反応に満足そうにニヤニヤしている。

「カ、カミーユの花は、すごいっ？　綺麗っ？」

「ああ、すごいな」

エリオがふいに真顔になった。

「あいつが得意なのは白い花だ。あの白は、本当にすごいのひと言だぞ。なんていうか……これまで自分が咲かせてきた白花は本物の白じゃなかったと気づかされるような、純粋な白だ」

リュカの胸はワクワクしてくる。エリオにそこまで言わせるなんて、一体どんな白なのだろう。

会いたい。そして、見てみたい。大人になったカミーユが咲かせる真っ白な花を。

「それに、カミーユだけじゃない。もう一人いるぞ、会えるかもしれないヤツが。さぁ誰でしょう？　おまえ、もちろんわかるだろ？」

意味深な笑いで人差し指を立てるエリオ。え、誰？　とリュカは首を傾げる。

「あ、もしかして……エリオッ？」

そうだ、どうして気づかなかったのだろう。子どもの頃二人のお兄ちゃんは甲乙つけがたい魔力を持っていた。教室で出されたどんな課題も軽々とこなし、咲かせた花の数を二人で競い合っていたものだ。今はリュカの指導に徹してくれているが、エリオだってもしかしたら、王室に重用されている花術師なのではないか？

だが、目の前の当人はがっくりと肩を落としている。

「なんでそこでそうくるんだ……」

「えっ、だって、エリオも花術師でしょ？　大会、出ないの？」

「やー、俺は最近花術はあんまりな。こっちのほうが性に合ってる」

エリオは苦笑で、剣を抜き斬り下ろすジェスチャーをする。騎士の仕事のほうが好きだということだろう。

「自分で咲かせるよりも、おまえや村の人に教えたりするほうが楽しいしな。俺の分までおまえに活躍してほしいよ」

「そ、そうなの？」

何かがあって花術師をやめたというわけではないのかもしれない。なんの屈託も未練もなさそうにさらりと言い切るエリオを見ながら、リュカはなんとなく寂しさを感じる。

「大体おまえ、俺とは毎日会ってるだろうが。そうじゃなくてさ、いるだろほら。おまえの憧れの……」

「ああーっ！　ファファ、ファントム！」

「キュキュキュキューーッ！」

相棒とともに大きな声を出してしまい何事かという周囲の視線が集まったが、あまりの興奮に気にもならない。

「で、出るのっ？　ファントムに会えるっ？」

「そうだなー、ヤツは気まぐれだろうから確実に出るとは言えないが、大会のことはさすがに気になってるんじゃないか？　少なくとも本選は見に行くと思うぞ」

「ファントムに、会えるかもしれない……」

レムどうしよう、と相棒を両手で持って、リュカはくるくると回る。レムも興奮してパタパタと羽ばたく。

「本選でおまえ、すごい花咲かせてみろよ。『わぁっリュカさん最高！　あたし好きになっちゃいそうっ』って抱きついてもらえるかもしれないぞ」

「えっ！　ファントムは女の人なのっ？」

「俺が知るか」

アハハと笑うエリオを、むぅっとしながらパシパシはたき、いつもの調子でふざけているうちに、人の視線がまったく気にならなくなっていた。

エリオとレムがいてくれれば、大丈夫かもしれない。たくさんの人の前で花を咲かせられるかもしれない。

（でも……カミーユやファントムみたいなレベルの人たちが出る大会に、おれ、ホントに出られるのかな……）

「それに……」

改めて不安になってきたリュカの目をのぞきこみながら、エリオがまた指を立てた。

「おまえが大会出場を諦めたら、その時点で俺の役目は終わりってことになる。おまえとはお別れだな」

「そんなの嫌だ、おれ出る！」

すごい勢いで即答してしまい、自分でもびっくりした。急に恥ずかしくなってきて、リュカは今さらのように両手で口を覆う。頬が熱い。

エリオもびっくりしたようだ。意外そうに大きく目を見開いていたのが、とても嬉しげな笑顔に変わる。

「そうか。ありがとうな」

ポンポンと肩を叩かれ、頬がさらにポッポとしてきた。

カミーユやファントムに会いたい気持ちも大きいけれど、それ以上に、エリオと一緒にいたい。その想い(おも)の大きさを改めて自覚し、リュカは自分でもうろたえていた。

頼りになるお兄ちゃんと別れるのが心細いのだろうか。いや、そういう感覚とも違う気がする。

(レム、なんだろうね？　この気持ち……)

助けを求めるように相棒を見ると、レムはご機嫌の笑顔で大きな耳をピクピクと動かしていた。リュカにはわからないが、レムにはわかっているのかもしれない。

市場で必要なものを買い、とりとめもなくしゃべりながら歩いているうちに、村の花畑を見渡せる道に入ってきていた。皆ちょうど朝食を終えひと休みした時間で、花作りの作業を始めている人もちらほらと見られる。

「おお、エリオ先生！」

その中の一人がエリオに手を振ってきた。

「ジョセフさんおはようございます！　いいですねー、元気に咲いてる」

声をかけてきた高齢の男性の畑には、可愛らしい黄色い花がポツポツと咲いている。

「先生のおかげだよ。教わったようにやってみたら、ほら、このとおりだ。テオやピエールの畑も見ていってくれよ」

隣にいるリュカの存在も目に入らないようで、男性は嬉しそうに声を弾ませる。

「いやぁ、この歳でまだ花を咲かせられるとは思わなかった。みんな先生には感謝しとるよ。本当にあんたはすごいお方だ」

「俺は何もしていませんよ。皆さんの村を思う気持ちと、花に懸ける熱意が実っただけです。俺でよければこれからも力になりますから、なんでも聞いてください」

「ありがたいねぇ。頼みましたよエリオ先生！」

男性は見るからに張り切って畑に戻っていく。

確かに、村の風景は変わっていた。以前は弱々しい花が何輪か咲いているだけだったのに、今はそこここにまとまって綺麗な色が見える。足しげく村に下り、よそ者には警戒心の強い村の人の心をほぐし、根気強くアドバイスを続けたエリオの努力の成果だろう。

「すごい……畑にこんなに花が。エリオがみんなを見てあげてたんだね」

「まぁ、性分でな。困ってる人を見ると、ついおせっかいをやきたくなるんだ」

照れているのか本人は苦笑しているが、無報酬で花術の指導をするなんてなかなかできることではないと思う。それも、朝から晩までのリュカの指導の合間にだ。リュカが疲れてへたばっているときに、きっと彼は村で皆の力になっていたのだろう。

リュカとレムの尊敬の眼差しに見上げられ、エリオはちょっと肩をすくめる。

「いやだから、たいしたことはしてないんだって。おまえも知ってるだろう？　この村の土壌はいまいちだから、なかなかいい花が咲かなかったんだよ。だからこれまで出荷する花の量が少なかったんだ。でもちょっとコツを覚えてもらえば、すぐに何倍もの花を咲かせることができるんだ」

エリオはキラキラと輝く瞳で村の花畑を眺める。

「地方の村が栄えれば、結果として国も栄える。逆に村が廃れれば、国は滅びる。中央から目の届かない、国の端に住む人たちの幸せまで考えるのが正しい政治だ。実際に足を運ばなければ、見えてこないものもたくさんある」

見慣れた横顔が急に大人に見えてきてびっくりする。エリオはいつもこんなふうに広い視野で村を見ていたのか。

リュカにとっては幼馴染みのお兄ちゃんでも、今の彼は王様に仕える立派な騎士様なのだ。背筋を伸ばしたその姿が一層凛々しく見えて、リュカはパチパチと眩しげに瞬く。

「各村に、花作りの手助けをする花術師を派遣してもらうといいかもしれないな。陛下に進言しておこう。……どうした？　行くぞ」

「う、うんっ」

エリオの後ろ姿がなんだかいつもより頼もしくて、しばしぼうっと見惚れてしまっていた。リュカはあわてて後に続く。

それと、村に下りてもう一つ気づいたことがある。エリオとともにいるからだろうか。リュカに向けられる人々の視線が、今日は穏やかな気がするのだ。もしかしてエリオは、リュカが少しでも居心地がよくなるようにと考えて、一緒に連れ回ってくれているのでは……。

（昔は、からかわれたり意地悪もされたけど、今のエリオは……優しいな）

花術の修業は厳しいが、それもリュカを思ってくれてのことだ。気遣われ大切にされていると思うと嬉しく、なんだか恥ずかしいような気持ちになって、リュカはフフッと少しだけ笑った。

「ん？　なんだ、今笑ったか？」

「べ、べ、別に、なんでもないよ」

「変なヤツだな」

額を指でつつかれても嬉しい。肩の上のレムもついでにつつかれて、口角を思い切り上げたニコニコ顔だ。

村人たちの畑を抜けていくと、脇にある大きな風車小屋が目印の村長の屋敷が見えてきた。

「リュカ、よーく見ておけよ。さしあたってのおまえの最大のライバルの花をな」

そう言って、エリオが前方に見えてきた広い花畑をビシッと指差す。遠目にもその畑が周りの畑とまったく違うのはわかった。

はっきりした赤、白、黄色の三色が入り乱れて、まず目に飛びこんでくる。色のあざやかさは魔力の量に比例する。その花を咲かせた術師の力量が表れている。

濁りのない綺麗な色とその花の量に驚き、リュカはゴクリと唾を飲みこんだ。近づいていくと花の形がはっきりしてくる。

その中型の草花は教会の鐘を逆さにしたような形状で、六枚の花弁がすっと上に伸び花柱を隠していた。長い葉が茎に沿うように生えているのが、人が両手を空に向かって伸ばしているようにも見える。とても可愛らしく、見ているだけで微笑んでしまいそうな花だ。背景の風車小屋ともぴったり合っていて、まるでおとぎ話の世界に入りこんだような気持ちにさせられる。

「すごい……可愛くて綺麗……！」

「キュ〜！」

リュカもレムも感嘆の声を漏らし、愛らしい花にうっとりと見入る。

その畑の持ち主のことは、もちろんリュカも知っている。名はマクシム・デュボワ、村長の一人息子だ。

代々村長を務めるデュボワ家には、何代目かごとに卓越した魔力を持つ術師が生まれるという。マクシムはまさにその一人で、城下にまで名を知られる秀でた花術師だ。わざわざ彼の花を大量に買い付けに、城下から足を運ぶ人もいるらしい。

村の有名人であるマクシムは、いろいろな意味で目立つ人物だった。ふわふわした金髪の巻き毛と大きな碧色（へきしょく）の瞳、つり上がった猫のような目が印象的な美しい若者である。村の青年たちを束ねているリーダーの彼は、気位も高く気の強さも折り紙つきだ。

基本気性が穏やかで、リュカを見てもさりげなく目をそらすか、ちょっと嫌そうな顔をするくらいの村の人と違い、マクシムは露骨にきつい目で睨んでくる。それゆえリュカは彼が苦手で、なるべく村長の屋敷には近づかないようにしていた。なので、こうして彼の花を間近で見るのは初めてだ。

素晴らしい才能とは聞いていたが、これほどまでとは思わなかった。色は目にあざやか、形も独創的で、村の代表者はマクシムしかいないと皆が言っているのも頷ける。

いや、こうして実際彼の花を見て、リュカも今そう思っている。まったく勝てる気がしない。

「あーっ！　エリオせんせ――――っ！」

やや舌たらずな高い声が響いてきて、リュカとレムはギョッと顔を上げた。屋敷のほうからまっしぐらに駆けてくるのは、当のマクシムだ。

刺繍（ししゅう）入りの白いブラウスに黒のズボン、腰に巻いたサッシュベルトといった姿はほかの村人の服とはかけ離れていて、まるで貴族のお坊ちゃまだ。村長は優秀な一人息子のことを、目に入れても痛くないほど溺愛していると聞く。

ビューンと飛んできたマクシムは、両手でエリオの腕をはっしと摑まえた。

「もしかして僕に会いに来てくれたんですか？　嬉し～っ」

甘えん坊の子猫のようにエリオにすり寄るその様子は、リュカの知っている高飛車な彼とはまったく違っていて、あんぐりと口を開けてしまう。

「いや、今日はお父上に用があるんだ。それよりおまえ、また上達したじゃないか。色が前より綺麗に出てるぞ」

「でしょでしょ？　先生の教え方がうまいからですよぉ。見てもらいたくて僕がんばっちゃったっ」

ほめてほめてとエリオの肩に頰を押しつけるマクシムに呆気に取られ、リュカは思わずレムと顔を見合わせる。相棒もリュカとすっかり同じ表情だ。

「よしよし、よくがんばってるな。えらいぞ」

エリオがハハハと笑いながらふわふわの金髪をくしゃっと撫でるのを見て、なんだか急に胸がもやっとした。

あんなふうにほめてもらえるのは、自分だけだと思っていたのに……。

「ね～え先生、もっと僕の指導にお時間取ってくれませんかぁ？　もっともっといろいろ教わりたいんですぅ」

「マクシム、おまえにはもう教えることはないよ。今のままで十分だ」

「え～、そんなことないですよぉ。冷たいなぁ。あいつには、手取り足取りみっちり教えてるんじゃないの？」

あいつ、とビシッと指を突きつけられ、リュカとレムはひっと固まる。リュカの存在に気づいていないのかと思ったが、単に無視していただけのようだ。

「こらこら、あいつとか言っちゃ駄目だろう。名前はリュカ・ミュレーだ。確かおまえと同い歳だから、仲良くしてやってくれよ」

ひいいっと心で悲鳴を上げてリュカは首をブンブンと振る。

「も～先生の意地悪っ。なんでこの僕があんな子と仲良くしなきゃいけないのっ？　ていうかぁ、なんであんな子と一緒に暮らしてるのっ？　しかもすっっっごいボロ小屋でっ」

「なかなか味わい深い家だぞ。今度遊びに来いよ」

「嫌だよ、服が汚れちゃいそう。お父様は先生に、いつでもうちに越してきてほしいって言ってるんですよ？　先生とじっくりお話がしたいんですって。たとえば、僕の将来のこととかぁ……」

そこまで言って、マクシムは気を持たせるようにエリオからパッと離れ、もじもじと体を揺らす。

「おまえは将来父上の跡を継いで村長になるんだろう？　だったらリュカみたいな、よそから来たヤツも温かく受け入れないとな」

ポンと肩を叩かれるが、マクシムは真っ赤な唇を不満そうにとがらせ嫌々をする。

「先生ってホントに意地悪。僕、村長なんかになりたくないよ、わかってるくせにぃ。僕とお父様、いつも話してるんですよ。先生にお婿さんに入ってもらえたらいいねって」

きゃっ言っちゃった、とばかりに両手を頬に当てるマクシムを、リュカは心の中で驚きの叫びを上げてまじまじと見つめる。

フェルディアン王国では同性同士の婚姻も普通に認められているので、エリオがマクシムと結婚して村長を継ぐというのもあり得ない話ではないのだが……。

具体的に想像しようとすると、胸に湧いたもやもやが大きくなる。それは嫌だなぁと漠然と感じる。

「先生がこの村の村長になってぇ、僕が内助の功でそれを支えるの。そして、村中の畑を二人で咲かせた愛のお花でいっぱいにして……」

うっとりした表情で宙を見つめ夢を語り出すマクシムからそろそろと離れ、エリオはリュカに軽く片手を上げて、そそくさと村長の屋敷のほうに逃げていく。

「幸せ？　って先生が聞くと、とっても幸せって僕が答えるの。僕ってね、気が強いなんて巷(ちまた)では誤解されてるけどぉ、本当は内気で奥ゆかしい性格なんですよ。こう見えて……うん、尽くすタイプ？　……ねぇ先生、聞いてます？　って、いないじゃないっ！」

クルッと振り向き突っこんだその表情のすさまじいまでの落差に、リュカは危うく噴き出しそうになって口を押さえる。刺さってきそうな目がじろっと向けられ、金縛りにでもあったように体が硬直した。

「何？　なんか文句あんのっ？」

リュカとレムは焦りまくり、首と両手を同時に振る。

マクシムはズンズンと近づいてくると腕組みをし、リュカとレムを交互に睨みつけた。特に、レムを見ている時間がやけに長い。いじめられてしまうのではと危機感を覚え、リュカは守るように相棒をしっかと胸に抱いた。

「前から気になってたんだけど君さ、エリオ先生とどういう関係？」

彼はリュカより小柄なのに、なんだか見下ろされているような威圧感がある。

「えっ……お、お、幼馴染み？」

ひと言で言うならそうなるだろう。だが、マクシムの表情はさらに険しくなった。

「はぁ？　そんなわけないじゃないっ。エリオ先生は王宮の騎士様で、れっきとした貴族なんでしょ？　どこでどうしたら君みたいなのと知り合うのさっ？」

「う、それは……っ」

これはどう説明しても信じてもらえなそうだ。マクシムはレムをチラチラ見ながら、すごい剣幕でまくしたてる。

「大体さ、なんで先生は君ばっかりえこひいきして教えてるの？　黒の魔法使いだから？

そんなに魔力すごいわけ？　僕より綺麗な花咲かせられるっていうのっ？」

「ぜ、全然だよ」

リュカは首をすくめながら、なんとか口を差し挟んだ。

「君のお花、本当にすごいね。綺麗で可愛くて、びっくりしたよ。おれこんなの、絶対無理だもん」

素直にほめたのに何が気に入らなかったのか、マクシムは柳眉を逆立てる。

「何それ嫌みっ？　それとも余裕っ？　伝説の黒の魔法使いの末裔（まつえい）だからって、いい気にならないでよねっ。先生にも、君なんかより僕のほうが上だってわからせてあげるんだからっ」

一人でプンプン怒りながら身を翻したマクシムが、何を思ったかクルリと振り返り、つかつかと戻ってくる。鋭い視線をじっとレムに注いでいたと思ったら、やにわに手を伸ばしてきた。レムもリュカもカチンと凍りつく。

伸ばされた手がびっくりするほど優しく、レムの頭に乗せられる。そして、クルクルッと撫でてからパッと離れていった。

「ふ、ふんっ！　なんなのさ、変なの！」

大股で屋敷のほうに去っていくその姿を、リュカとレムはポカンと見送る。後ろから見ると、金髪の間からのぞく耳と首筋が真っ赤だ。

「なんか、可愛いかも……？」

思わずつぶやいて、リュカはクスッと笑ってしまった。

綺麗でお高くとまって見えるけれど、意外な可愛さを秘めている。マクシムはまさに彼の咲かせる花のような人かもしれない。いつか仲良くなれる日がくるといいな、などとあり得ないことを思い自然と笑みが深くなる。

レムは撫でられた頭を両前足で押さえ、ん～？　と首を傾げているが、口元はニコニコしている。きっと相棒もリュカと同じ気持ちに違いなかった。

＊

「よし、これで修練はすべて終わりだ。俺に教えられることはもう何もない」

村の代表者選出の日まであと十日となったある日、午前中の修練を終え休憩に入るなりエリオがそう言った。予想外のことに「えっ？」とリュカは面食らう。

「これまでよくがんばったな。途中で音を上げるかと思ったが、よくついてきたよ。おまえ、思ったより根性あるな」

満足そうに頷くエリオを見ながら、リュカはあわてる。

「終わったって、ホントに？　だっておれ、まだまだ……」

かなり上達したとはいえ、完璧とは到底言いがたい。その日のコンディションによって花の大きさや色にばらつきがあったり、咲かせる面積も狭まったりしてしまう。

もしかして見放されてしまったのでは、とリュカは焦る。

「俺が手助けできるのはここまでってことだよ。今後どこまで精度を高められるかは、おまえ次第だ」

「おれ次第……？」

そうだ、と師匠は頷く。

「花術は結局、術師の精神状態に大きく左右されるからな。あとはおまえの気持ちの強さが成否を決める。そこは、自分で鍛えるしかないんだ」

「気持ちの、強さ……？」

「何かを強く想ったりする、その想いの量が魔力に変わるんだよ。たとえばだが、負けず嫌いで自信家のヤツのほうが、本番ではいい花を咲かせられる。まぁ、おまえの一番弱いところではあるんだよな」

リュカはがっくりと肩を落とす。負けず嫌い、自信家……それらは自分にもっとも欠けているものだ。はなからマクシムに負けている。

「大丈夫だ、まだ十日ある。精神力を高めるおまえなりの方法を模索してみろよ。俺に手伝えることがあればなんでもしてやる」

「精神力を高める、方法……」

リュカは首を傾げてしまう。難しい。

「う〜ん、つまり、花術に全力を投入できるような気持ち作りだな。迷いや悩みがあるとその分魔力も削がれる。……リュカ、おまえ最近悩んでることあるだろう？」

図星を指され、リュカはひっと首をすくめてしまう。

やはりエリオには隠せない。実はこのところ、気になってしょうがないことが一つあったのだ。

「なんだ？　俺には隠すな。なんでも言ってみろ」

ずいっと近寄ってこられて、いつもの習慣で肩の上の相棒に助けを求めてしまうが、あいにくレムは今村に下りていてそこにはいない。村の畑に花がたくさん咲くようになってから、花好きの彼はたまにこっそり見に行っているのだ。

（どうしよう……）

確かに、このまま一人でうじうじしていてもいいことはない。花術に差し支えるならなおさらだ。

心の中でよしっと気合を入れ、リュカは思い切って口を開いた。

「エリオは……村長の……」

「ん？　聞こえない。もう一度」

「そ、村長のうちのお婿さんになるの？　ママ、マクシムと、結婚するの？」

ええいとばかりに大きな声で聞いた。エリオは「はぁ？」と思い切りのけぞる。

マクシムと話して以来、リュカの心はずっともやもやしていた。彼は明らかにエリオのことが好きなようだ。でも、エリオはどうなのだろう？　やはり彼を好きなのだろうか。

マクシムは綺麗で賢く、花術も素晴らしい。性格がややあれかと思いきや、なかなか可愛げもありそうだ。それにあんなにまっすぐな好意を寄せられれば、エリオだってほだされてしまうのではないだろうか。

あまりにも気になりすぎて、エリオが村に指導に行くときこっそり後をつけたりもした。エリオとマクシムが並んだところはとてもお似合いで、リュカは大いに落ちこんで帰ったのだった。

そもそもどうしてこんなにも二人のことが気になるのか、リュカ自身にもわからない。でも、とにかくもやっとするのだ。エリオに、マクシムのお婿さんになってほしくないと感じている。

大好きなお兄ちゃんを独占したいという、子どもっぽい感情ともやはりちょっと違う気がして、このところ本当に困っているのだ。

「馬鹿、するわけないだろう」

エリオは深く溜め息をついて言い切った。

「えっ、しないのっ？」

うっかり声が弾んでしまう。

「しないよ。あれはマクシムが勝手に言ってるだけだ。村に適当な相手がいなかったところに俺が現れたから、ちょっと浮かれてるんだろうな。熱もきっとすぐに冷める」

「そ、そう」

正直すごくほっとした。そして、どうしてそんなに安心するのかその理由がわからず、また首を傾げてしまう。

「なんだよ、気にしてたのはそんなことか？　俺はずっとおまえのそばにいてやるから、安心しろって」

ニコッと微笑まれ、精一杯平静を装って「うん」と頷きつつ、嬉しさで胸が高鳴るのを抑え切れない。幸いなことに、エリオはリュカの変化には気づいていないようだ。

「多分あれだな、王子がお披露目と同時に婚約を発表するって噂を聞いて、夢見がちになってるんじゃないのか？　自分も同じ年に結婚したい、とか、あいつそういうの好きそうだから」

王子と聞いて、パッとカミーユの顔が浮かんだ。

「婚約っ？　カミーユ……じゃなくて、王子様が？」

「ん？　カミーユって言ったか今？」

訝しげにのぞきこまれ、リュカは首をすくめる。

「や、あの、王子様って、カミーユみたいな人じゃないかなって思ってたから……」

エリオが明らかにハッとした表情で固まった。

「おまえ……なかなか鋭いな」

「えっ、まさか、そうなのっ？」

リュカが身を乗り出すと、しまったという顔で目をそらし、あわてたように片手を振る。

「いや〜、俺の口からは……ちょっと言えない。それ以上聞くな」

「えーっ！」

どう見ても怪しい。これはきっと『当たり』なのでは……。

興奮で顔が火照ってくる。幼馴染みのお兄ちゃんが王子様かもしれないなんて、本当にすごい。思えばカミーユはリュカやエリオとは別格の気品があり、子どもながらに高貴なオーラを漂わせていたっけ……。

（カミーユが、婚約……）

自分たちもそろそろパートナーを決める年齢になったんだなぁと、なんだかしみじみとしてしまう。

それにしても不思議だ。エリオの結婚のことを考えるとあんなにもやもやしたのに、カミーユだとそれほどでもない。やはり、遠くにいるから実感が湧かないのだろうか。

「カミ……王子様のお相手って、どんな人だろうね」

「なんだよ、おまえもそういうのに興味があるのか？　いや〜、俺もよくは知らないけど、どうやら子どもの頃からの想い人らしいぞ」

エリオは意味深にニヤニヤしながらリュカを見る。

「へぇ～」

カミーユにそんな人がいたのか。きっと花のように綺麗で品のある姫君なんだろうなと想像してみる。

「ところで、おまえはどうなんだ？」

いきなり聞かれ、「ひぇっ？」と声が裏返った。

「好きなヤツとか気になるヤツ、村にいたりしないのか？」

興味津々といった表情のエリオから、リュカはあわてて目をそらす。

好きな人とは、一体どういう人なのだろう。父上や母上が好き、お兄ちゃんが好き。そういう好きとは違う気がする。エリオにべったりとくっつきたがるマクシムの姿が頭に浮かんできた。

（ああいうのが、好きっていうこと……？）

「好きって、どういう感じなのかな？」

素直に疑問を口にしていた。エリオはハハッと笑う。

「おまえにはそっちの指導も必要かもな。そうだな……好きっていうのは、相手が特別でずっと一緒にいたいとか、大事にして守りたいと思うことかな」

自分を見るエリオの瞳がいつもより深みを帯び優しくなった気がして、リュカの胸はトクンと甘い音を立てる。

(特別……？　ずっと、一緒にいたい……？)

ある人の顔がパッと浮かんだ。今、目の前にいる人だ。

リュカは大いにうろたえ、火照ってきた頬をこすりながら、「そそ、そういう人なら、まだいない」と答える。

本当にエリオが自分にとってそういう相手なのか、正直ちょっとわからないから……。

「まぁ、確かにおまえにはまだ少し早いよな。いつかわかる日が来ることを祈るが、奥手すぎてしわしわのじいさんになっても『好きってなぁに？』とか聞かないでくれよ」

むぅっと唇をとがらせ、からかうエリオをいつものようにペシペシとはたく。明るい笑い声が高い空に吸いこまれていく。

好きという気持ちはよくわからないけれど、一緒にいたい気持ちはちゃんとわかる。それはきっと、今のこの気持ちだ。

「そういえば雨の花は、ジスランさんがおまえの母上のマリーさんのために咲かせた花だったよな」

「ホ、ホントにっ？　知らないっ」

「なんと、知らなかったのか？　ジスランさんは雨の花の花束をマリーさんに渡して結婚を申しこんだらしいぞ。息子のおまえには、照れくさくて言えなかったのかもな」

雨の日に父が照れながら、母に青い花束を渡すところを思い浮かべる。

（エリオもいつか、誰かにお花を渡して結婚を申しこむのかな……）

ふとそんなことを空想したら、なぜか急にドキドキしてきた。

「ね、あの……」

「ん？」

「エ、エリオは、あの……」

好きな人がいるの？　と思い切って聞こうとしたとき……。

パタパタと忙しない羽ばたきが近づいてきて、リュカとエリオは同時に振り向く。

「キュキュッ！」

帰ってきたレムがリュカではなくエリオの肩に下り、その耳を両前足で引っ張ったり、あっちあっちというように村のほうを指したりし始めた。尋常な様子ではない。

「なんだレム、何かあったんだな？　リュカ、おまえも来い！」

エリオはすぐに立ち上がり、あっという間に丘を駆け下りていく。リュカもあたふたと後に続く。レムのあわてぶりからするといいことが待っているとは思えない。胸は不穏に高鳴る。

花畑の中を駆けていくと、村長宅の隣、中央広場の掲示板の前に村の人たちが集まっているのが見えた。リュカたちが駆けつけると、皆エリオに敬意を表して道を開ける。

「っ……！」

　掲示板に貼られた村長からのお知らせを見て、リュカは目を見開いた。それには間違いなくこう書いてあった。

『王室主催花術大会のタルーシュ村の代表は、マクシム・デュボワに決定いたします。』

　とっさにエリオを見た。難しい表情で腕を組んでいる。周りの人たちはエリオに気を遣ってか何も言わないが、どこかほっとした納得の表情をしているのは明らかだ。

「シャーッ！」

　珍しくレムが怒ったときの声を出し、毛を逆立てる。リュカの胸にも落胆と悲しみがじわじわと満ちてくる。怒りはないが、やはりこうなったかという諦めの感情が大きい。マクシムなら代表にふさわしいという思いも正直あった。

「村長と話してくる」

　エリオが身を翻す。冷静に見えるが、その横顔にはいつになく厳しさが見える。きっと彼はリュカの分まで怒ってくれている。

「エリオ……」

「大丈夫だ、心配するな。村の代表はちゃんと試合を行って決めるってことに、村長も同意してくれてたんだから」

　屋敷に足を向けかけたとき、ちょうど村長がマクシムをともなって近づいてくるのが見えた。

村長は息子と正反対で、でっぷりと大柄な人物だ。髭(ひげ)をたくわえたふくよかな顔にいつも満面の笑みを浮かべている。

「おお、エリオ先生！　お知らせを見てくださいましたかな」

エリオの強張った表情には気づかないようで、村長は気さくに手を上げてきた。

「村の班長たちの意見も聞いて、うちのせがれを代表として送ることになりました。いやいや先生のおかげで息子も……」

「村長、約束が違いますね。代表は出場者を募って、試合で決めるということになっていたのでは？」

エリオの怒りを感じ取ったのだろう。村長は困ったように眉尻を下げる。

「ええ、それはもう、確かにそういうことになってはいたのですが、村の皆に聞いたところ出場希望がなかったわけで……。で、これはもう試合をするまでもなく、息子の不戦勝でいいのではないかと、こういうことになりまして……」

約束を違(たが)えたことが後ろめたいのかしどろもどろになる村長を、エリオは呆れ顔で見て溜め息をつく。

「出場希望者ならいますよ。ここにいる、リュカ・ミュレーです」

背に手を添えられ押し出されて、リュカはひっと固まる。村人たちがざわつき始め、マクシムの眉根が寄せられる。

「いや先生、しかしそれは……その子は村の一員とは、我々としては認めていないと言いますか……。ましてや村の代表者を選ぶ場に出てもらうというのも、まずそこからしてどうかと……」

黒の魔法使いが、よそものが、とそここで囁き交わす声が届いてきて、リュカはぎゅっと拳を握り下を向く。いいようのない悲しみがこみ上げる。

もう四年も丘の上に住んでいるのに、自分はまだ彼らにとっては同じ村の人間ですらなかったのだ。交流はなくとも、そのくらいは認めてもらえていると思っていた。

「キュキュ……」

レムが慰めるように小さな前足で頬を撫でてくれるが、胸の痛みはやわらがない。

「四年もこの村で暮らしてきたリュカを、どうして認めてやれないんです？　髪と瞳が黒いから？　自分たちと少しでも違う人間は弾かれて当然で、機会すら与えてもらえないんですか？　村長も皆さんも、どうかもう一度考えてみてほしい」

エリオの真摯な訴えに、人々のざわつきも静まる。

「ちょっと待って」

一歩前に出たのはマクシムだ。いつもエリオを見れば、甘えん坊の子猫のようにまとわりついていた彼とは違う。今日の彼は毅然(きぜん)と背を伸ばしている。

「先生、僕は自分が不戦勝で代表になることに同意しました。でもそれはその子が黒の魔法使いで、村の一員って言い切るには微妙だからじゃないよ」

マクシムはまっすぐな厳しい目をリュカに向けてきた。

「僕、その子の花を見たんだよ。こないだ畑に行ったんだ」

えっ、とリュカは瞬く。

「き、来たの？　いつ？」

声をかけてくれればよかったのに、と言う前に、「い、いつだっていいじゃないっ」といつもの調子で遮られた。色白の頬が真っ赤だ。

「まったくもう～、なんなのさっ。あんな狭い部屋で先生と二人で毎日寝起きしてるとかうらやま……って、い、今はそういうのは置いといてっ」

マクシムは咳払いをすると、顎を上げてキッとエリオを見た。

「正直こんなものかって思ったよ。確かにあんなふうに小さな花を広い範囲で咲かせるのは、そこそこ力がある証拠かもしれないけど、僕の相手にはならないね。試合なんてやっても無駄。僕の圧勝は見えてるよ」

きっぱりと言い切られ、リュカは唇を噛み俯くことしかできない。情けないけれどひと言も言い返せない。今の自分ではマクシムに敵うどころか、胸を借りるのがせいぜいだ。

「それはどうかな。俺はそうは思わないぞ」

「キュッ！」

言い返したのはエリオとレムだった。リュカはハッと顔を上げる。エリオもレムも自信に満ちた微笑をマクシムに向けている。リュカにも勝機があると、本気で思っている顔だ。

「マクシム、おまえが畑で見た花はこいつの百パーセントじゃない。これからの十日でまだ化けるぞ。どこまでいくか、おまえも見てみたくないか？」

マクシムの美しい顔が思い切りしかめられる。

「もうっ！　先生、本気で言ってます？　たった十日で何ができるっていうの？　それとも黒の魔法使いは特別だから、僕ら凡人には計り知れない能力を秘めているとでもっ？」

「おまえ、こいつの血筋にやけにこだわってるな。もしかして怖いか？　リュカと対決するのが」

「はぁ？　そんなわけないじゃない！　まったく問題にしてないよ、こんな子っ！」

エリオの煽り(あお)に乗って、マクシムがずいっと一歩前に出るのを村長があわてて宥(なだ)める。

「こ、これマクシムッ。エリオ先生、とにかくこの件はもう、会議で決定したことですから……」

「た、大変だ！　誰かっ……！」

悲鳴に近い声が、緊迫した空気を切り裂いた。皆一斉に声のほうを向く。

高齢の男性がものすごい勢いで駆けてくる。エリオにシモンと呼ばれていた人だ。あわてふためいたその様子は尋常ではなく、場に不穏な緊張が走る。

「シモンさん！」

「どうされたっ？」

「ああっ、先生！　村長！　大変だ、テオの花畑にヤツらが……花喰い虫が出た！」

場が騒然となる。

（花喰い虫が……そんなっ！）

そういえば最近は自分の修練で手一杯で、村の畑の手助けがほとんどできていなかったことに気づき、リュカは青ざめる。

「でかいヤツがどんどん湧いてる！　あれじゃあっという間に周囲の畑まで食いつくされちまうよ！」

即座に反応したのはエリオだ。

「皆さん、すぐに塩を持ってテオさんの畑に行ってください！　塩をまけば虫の動きを止めることができますから！　早く！」

凍りついていた村人たちが、我に返りバタバタと動き出す。

「リュカ、マクシム！　おまえたちは術をかけろ！　食われてる花の力を少しでも強めるんだ！」

「もうっ！　わかってるよ！」

マクシムも飛び出していく。

「エ、エリオは……っ？」

「俺はおまえの肥料を取ってくる！　レム、一緒に来い！」

「キュッ！」

「あっ……！」

呼び止める間もなく、エリオとレムの後ろ姿は遠ざかっていく。自分が術をかけるよりも、エリオがかけたほうがずっと効くだろうにと戸惑いながら、リュカもマクシムを追って全力で走る。

ほどなく、人垣の間からテオの畑が見えてくる。

「っ……！」

異様な光景に一瞬目がおかしくなったのかと思った。花の色も、緑も見えない。近づくごとにその全容が明らかになってきて、リュカは息を呑む。

花に赤黒い虫がびっしりとたかっている。大きい。十センチくらいあるのもいる。立派な成虫だ。

花喰い虫は長い体に無数の足を持っており、くねくねと体をくねらせ土の中に入りこむ。そして人の肌も食い破る鋭いその牙で、花や野菜をもりもりと食べていく害虫だ。その食欲は底なしで、三日もあればこの村の畑全体が食いつくされてしまうだろう。

「うわっやだ！　気持ち悪い！」

マクシムが肩をすぼめる。確かに怖気(おじけ)を振るう眺めだ。これだけ育ったたくさんの花喰い虫を見るのはリュカも初めてだ。

「ほら、ぼうっとしてないで！　みんなは塩をまいて！　君はそっちから術をかける！」

マクシムにてきぱきと指示され、すくんでいた人たちが散らばっていく。リュカもあわてて手をかざすが、なかなか集中できない。

塩の効果で多少虫の動きが鈍くなったが一時しのぎだ。彼らの食欲はこんなものでは収まらない。

「リュカ！」

エリオの声がした。振り向くと両手に手桶を持って走ってくる彼と、柄杓を抱えて飛ぶレムが見えた。速い。

「皆さんはこの肥料をまいてください！　花喰い虫を駆除できます！」

エリオが戻ってきたことで、勢いづいた村人たちが手桶に飛びついた。

「リュカ、どうした？　術をかけ続けろ」

「エ、エリオ、おれがもっと、ひんぱんに村を見回ってたら……」

じわっと瞳が潤む。

眉を寄せたエリオにバンと背中を叩かれた。痛みで涙が引っこんだ。

「余計なこと考えてる暇があったら祈れ！　おまえも村の一員として役に立て！　村を救え

よ！」

「う、うんっ！」

ごちゃごちゃしていた頭の中がすっとクリアになった。リュカは気を取り直し、集中して畑に両手をかざす。

村の人にはずっと無視されてきた。村の一員ではないと、さっきも言われた。

けれどリュカはこの村が好きだ。リュカを追い出さないで、丘の上の小屋にいさせてくれて、たまに市場の隅で花を売るのを許してくれた。リュカのことを怖がってはいても本当は皆いい人で、素朴で清らかな花を咲かせることも知っている。

（だから、守りたい……みんなに悲しい思い、してほしくない！）

魔力が自分の指先からどんどん出ていく感覚に、自然に身をまかせる。あふれた力が畑全体に広がっていくのがわかる。

（がんばって……持ちこたえて……！）

どのくらい経っただろう。村人たちの声と安堵の溜め息が聞こえ始め、リュカは目を開けた。

畑中にびっしりとうごめいていた花喰い虫が、今はすべて地面に転がり動かなくなっていた。

「やった！　駆除完了～！」

両手を上げ叫んだマクシムが、ペタンとその場に座りこむ。力を使い果たしたのだろう。

同様に脱力しくずおれそうになるリュカの体を、後ろから力強い手が支えてくれた。

振り返ると、エリオが微笑んでいた。よくやったな、とその目は言ってくれていて、リュカの胸にもじんわりと安心感が満ちる。

「よ、よかった！　皆さんよくやってくれました！」

体が重いためか動作が遅く少し遅れて参戦した村長も、息子を立ち上がらせ労をねぎらいながら泣かんばかりに喜んでいる。

「エリオ先生、その肥料は一体？　これほど見事に成虫の花喰い虫を駆除できるとは、驚きましたぞ」

「待ってくれ、その手桶と柄杓……っ」

エリオが答える前に、安堵で泣き伏していた畑の持ち主のテオがハッと立ち上がる。そういえばいつだったか、リュカに畑から出ていけと怒鳴ったのは彼ではなかったか。

「もしかして、あんたか……？　あんたは夜中に、これをまいて回ってたのかっ？」

テオは呆然とリュカに問いかける。「えっ？」「まさか」と周囲もざわめく。リュカが夜更けに『怪しい動き』をしているのを、目撃していた人も多いのだろう。

「えっ……あ、あの、おれ……ご、ごめんなさい、勝手に……」

大勢の人に注目され緊張しまくり、リュカはフードをぎゅっと下ろして首を縮めた。ポンポンとエリオが右肩を叩いてくれ、左肩の上では「キュキュッ！」と相棒が胸を張る。

「そうですよ。これはこのリュカが一人で研究して配合した肥料で、彼の術をかけてある特別製です。花木の成長を助けて虫を確実に駆除する優れもの、皆さんもその効果は今ご覧になりましたよね？」

エリオの問いかけに皆、確かに、すごかった、と頷いて応じる。

「この村は森に近いので、そもそも花喰い虫が湧きやすい。それがここ数年は、虫に悩まされたことはないでしょう？　リュカが皆さんの畑を回り、肥料をやっていたからですよ」

「言われてみると、昔はしょっちゅうヤツらにやられていたよな」

「ここのとこ見なくなってよかったと思ってたが……その子のおかげだったとは……」

シモンとテオの会話に周囲も同意する。

「どうですか？　それでもまだ皆さんは、このリュカを村の仲間ではないとおっしゃいますか？　黒の魔法使いの血を引いているからという理由で弾きますか？　リュカが皆さんに、一体何をしましたか？」

口調は穏やかだが、エリオの澄んだ瞳は一人一人に厳しく向けられている。もう一度考えてほしいと言っている。

「だ、だけど、どうして？」

一人の女性がリュカのほうを見て口を開いた。市場でよく見る婦人たちのリーダーだ。

「私たち、あなたに決して優しくしなかったし、むしろひどいことを……。それなのに、なぜ村を助けてくれたの？」

「えっと、あの……おれ、ただ、村の皆さんのお花が、好きだったから……」

四方からの視線を感じカチコチになりながら、リュカはなんとか言葉を紡ぐ。相棒が励ますように頬を撫でてくれて、肩の力が少し抜ける。

「皆さんがおれのこと、その、好きじゃないとかは、仕方ないと思ってました。でも、そういうのは関係なくて……おれのほうは、好きでいたいって……。だから、おれにできること、させてもらってただけです」

場がシンと静まった。やや気まずい空気が流れたが、これまでのような冷たい嫌悪の目線はまったく感じなかった。たくさんの人の真ん中にいるのに、居心地が悪くない。

静寂を破り、コホンと村長が咳払いをする。

「え～その、なんだ。君は、あれかね？　その肥料をこれからも、村のために作ってくれるのだろうかね？」

リュカはびっくりして顔を上げる。

「は、はい……っ、おれ、あの、作り方を、皆さんにお教えすることもできます！　あの、よかったら、ですけど……」

おお、それは助かる、とそこここで声が上がる。気まずさは徐々に消え、まろやかで温かい空気が取って代わるのを感じ、リュカの胸はトクトクと高鳴ってくる。

夢のようだ。村の人が自分に、好意的な眼差しを向けてくれているなんて。

エリオを見た。やったな、とウインクされて喜びが倍になる。

ふと気づいた。もしかしたらエリオは、彼の魔力だけで花喰い虫を一掃できたのではないか。それなのにわざわざリュカの肥料を運んできて、村の人にリュカがこれまでしていたことを教えた。そんな回りくどいことをしたのは……。

（おれが、村の人に受け入れてもらえるように……？）

嬉しさのあまり目が潤んでくる。エリオがいてくれなかったら、こんな日は絶対に来なかっただろう。

「では村長、今回のことでこのリュカを村の一員として認めていただけたと、そういうことでいいわけですよね？」

エリオが念を押すと、村長はやや困った顔になる。

「や、先生、それはまぁ、そういうことでよろしいかと。ですが、大会に送る村の代表は、さすがにその子には……」

「お父様、何言ってるの？　もう議論の余地ないじゃない」

きっぱりと言い切って一歩前に出たのはマクシムだ。

「その子は村のために尽くしてくれてた立派な村の一員で、今大会に出たいと思ってる。それで十分でしょ？　いいじゃない、やろうよ試合。決着つけようよ。僕だって、負けるのが怖くて不戦勝で逃げたなんて言われたくないからねっ」

「いや、しかしマクシム……」

「何？　まさかお父様はこの僕が負けるとでも思ってるの？　絶対勝つよ！　だってそのほうがみんなだってすっきりするし、何より見たいでしょ？　ねぇ？」

群衆に向かってマクシムが両手を広げると、わっと歓声が上がった。皆マクシムの花が大好きなのだ。

「そ、そうかね？　まぁ、おまえがそう言うのなら……では、もともとの予定通り十日後の午後一時から、中央広場で試合を行うこととしよう。勝った者を、この村の代表とする」

一斉に拍手が起こった。反対する者はもういない。リュカは村の一員として機会をもらえたのだ。

(試合、させてもらえる……！)

実感が湧くごとに体が熱くなってくる。レムも大興奮で、肩から頭へ、また肩へと飛び回っている。

試合の段取りの打ち合わせをしないと、と村長がバタバタと戻っていき、村の人たちがばらけ始めても、リュカはぼうっと立ち尽くしていた。テオやシモン、それ以外にも何人もの人が、これまで悪かったね、ごめんね、と声をかけていってくれたりした。ほんの一時間前とは自分を取り巻く空気がまったく変わり、夢ではないかと疑ってしまうくらいだった。

「もう～っ、先生の意地悪っ！」

甘ったるい声にハッと我に返り隣を見ると、べったり子猫に戻ったマクシムがエリオの腕を抱え文句を言っている。

「先生僕に冷たすぎですよっ。その子ばっかりえこひいきして〜、ひどいっ」

「ハハハ、マクシムありがとうな。おまえがああ言ってくれなかったら、父上は決断できなかっただろう」

「知らないっ。先生には悪いけど、僕絶対負けないんだから。ねぇ〜、僕今日すっごいがんばったから疲れちゃいましたぁ。その子のことばっかじゃなく、僕のことも元気づけてくださいよぉ」

「わかったわかった。えらかったぞ」

エリオは笑いながら、ふわふわのくせ毛をくしゃくしゃと撫でてやる。いつもならもやもやっとする光景だが、今はそうでもない。むしろリュカも、マクシムにお礼を言いたい気持ちだった。

とろんとしていたマクシムの目が、リュカを振り向きキッとなる。つかつかと近づいてこられ、リュカとレムは反射的に背筋をピシッと伸ばしてしまう。

マクシムはまずレムをじっと見てから、リュカに視線を戻した。

「ちょっと、こっち来て」

「えっ？」

腕を摑んで引っ張られ、エリオから距離を取らされた。美しく可憐な顔が、内緒話でもするかのように近づいてくる。

「試合で僕が勝ったら、先生のことは諦めて」

いきなり言われてポカンとしてしまった。

「勝ったら、って僕が勝つに決まってるけど、先生に改めてお婿さんになってって言うつもりだから。君には諦めてもらうからね」

「えっ、えっ？　や、おれ別に、エリオのことはなんとも……」

「嘘つきっ、好きなくせに！　見てればわかるよっ」

決めつけられてリュカはうろたえる。あわててエリオを窺うが、シモンと何か話していて幸いこちらの会話には注意を払っていない。

マクシムは偉そうに指を一本立てる。

「いい？　約束だからねっ。それと……」

まだあるのか。

「それっ。その子っ」

立てた指をビシーッと突きつけられて、危機感を覚えたのかレムがカチンと固まる。

「僕が勝ったら、抱っこ！」

クルリと背を向け、なぜかプンプンしながらずかずかと大股で去っていくマクシムの耳と首筋は、また真っ赤になっていた。

「あいつってホント面白いよな」

いつのまにか隣にいたエリオがクスクスと笑っている。

「でも、きっといい村長になるよあれは。おまえの友だちとしてもライバルとしても、相性抜群だと思うぞ。試合、がんばろうな」

「う、うんっ！」

リュカは大きく頷いてぎゅっと拳を握った。

勝ち負けは関係ない。ただ全力で咲かせた花を、たくさんの人に見てもらいたい。自分を受け入れてくれた村の人たちを、そして誰よりもエリオとレムを笑顔にしたい。

そんなふうに、試合に対して前向きな気持ちになれたのは初めてだ。

誰のために花を咲かせたいのか。昨日まではエリオとレムのためだけだったのが、今はもっと増えて、大勢の人のためになっている。それはきっと魔力にもいい影響を及ぼすに違いない。

（あと、十日……）

その日が近づくごとに不安が大きくなっていたはずなのに、不思議と今は楽しみに感じられてきた。

「おれ、がんばるよ」

自分に言い聞かせるようにつぶやいて、リュカはレムに笑いかける。相棒も嬉しそうに満面の笑みを向けてくれていた。

*

試合当日は朝から目の覚めるような快晴となった。花の色がさぞ映えるだろう青空を見上げながら、リュカはゆっくりと深呼吸する。肩の上で真似するように、レムも短い両前足を広げる。

不思議だ。あと四時間でこれまでずっとがんばってきた結果が出るというのに、肩の力がいい感じに抜けている。緊張していない。

「今日はまた最高の天気だな」

リュカに続いて小屋から出てきたエリオも、両手を広げ気持ちよさそうに伸びをした。

「昨夜はよく眠れたか？」

「うん、眠れた」

「今日、いけそうか？」

「いけそう」

「いいな。いい顔してるぞおまえ」

エリオはじっとリュカを見て、目を細め微笑んだ。

この十日間、何も特別なことはしていない。毎日村の人たちに肥料の作り方を教えて、小屋に帰ってからはこれまでエリオに教わったことの復習をしていただけだ。それなのに、焦りもなく気持ちは澄んでいる。

村の一員として受け入れられたことが、何よりも大きかったのかもしれない。プラスの感情を向けられると、自分の内側にもいい感情が溜まっていくのだろう。そしてそれが、魔力に変わる。

「あと四時間弱だな。どうだ？　自信のほどは」

「ない」

言い切ったリュカに、エリオとレムは同時に肩を落とす。

「だけどおれ、ワクワクしてるよ、今」

笑ってつけ加えると、エリオはやや意外そうに目を見開いた。

「そうか。楽しみなんだな？」

「うん。どこまでできるか、やってみたいって思ってる」

「そりゃあいい。いい傾向だ」

温かい手がポンと頭に乗せられ、髪を梳かれる。心地いいぬくもりがさらに力をくれる。

（負けたら、エリオとはきっとお別れだよね……）

マクシムのお婿さんになるにせよ、王宮の騎士様に戻るにせよ、彼とはさようならになるだろう。そう思ったら寂しさが湧き上がってきて、リュカはじわっとしそうになる目をあわててパチパチと瞬いた。

「エリオ、ありがとう、今日まで」

今日、勝負の前に絶対言おうと思っていたことを、ちゃんと言えた。もっと上手にお礼が言いたかったけれど、口下手のリュカには難しい。

だからせめて、今日は全力で花を咲かせる。エリオへの感謝を成果で見せる。

「おっと、それはまだ早い」

エリオがクスッと笑い、人差し指をリュカの口に当てた。

「今日は終わりじゃなくて始まりだろう？　俺は、信じてる。忘れてないよな？」

「キューーッ！」

ボクも信じてるよ、とレムが右前足を元気よく上げる。

「うん、そうだった。忘れてない。見ててくれる？」

「もちろん」

エリオが上げた右手に、パチンと自分の手をぶつけた。レムの小さな前足にもちょんと指先を当てる。

今日がどんな一日になろうとも、きっと自分の人生の中で忘れられない日になるだろう。

勝っても負けても、賽の目は吉と出るに違いない。リュカはそう確信していた。

一時十分前、リュカはレムとエリオとともに会場入りした。村人全員が集まれるほどの広場の中央には、即席で作られた花畑が二つ並んでいる。リュカの畑の約四倍くらいの広さがある大きな畑だ。

その手前には五人の審査員の席が作られているが、まだ誰も座っていない。畑を取り囲むようにして集まっているのは、試合が待ち切れない村人たちだ。村の全員が来ているのではないかと思うほどすごい人で、リュカもさすがに緊張してくる。

リュカが村のために陰で尽くしていたことを今は皆知っているので、集まる視線は好意的なものが多かった。だが、今もまだ黒の魔法使いを信用しておらず、訝しげな目で見たり、目をそらしたりする人はいる。

「大丈夫か？　リュカ」

ポンポンとエリオに背を叩かれ、強張っていた体から力が抜けた。

「観客は多ければ多いほどいい。そのほうが咲かせがいがあるだろう？」

軽い口調で言われ、「うん、そうだよね」とリュカも微笑む。

大丈夫だ。自分を嫌いな人がいても関係ない。リュカ自身がここにいる人たち全員を癒したいと思っていれば、それでいい。

わっと歓声が上がった。すっと背筋を伸ばし、まっすぐ顔を上げて最強のライバルが入ってくる。毅然としていると気品があり、小さな体がひと回り大きく見える。

マクシムは四方に軽く手を上げ笑顔で歓声に応えてから、キッとリュカを見た。大きな瞳はいつになく真剣で、今日はリュカもそらさず彼を見返す。

「リュカ、俺はレムとあっちで見てる」

肩が軽くなった。レムを引き取ったエリオが手を上げる。本選のルールに従い、術師は試合に身一つで臨むことになっている。レムは一緒にはいられない。

「楽しんで咲かせてこい。おまえだけの花を」

親指を立て背を向ける後ろ姿を見送り、リュカはふうっとゆっくり息を吐く。

ここからは、一人だ。

入場口からぞろぞろと、村長と四人の村の顔役が入ってくる。審査員たちだ。

審査員がマクシムに有利な顔ぶれになるのは、最初からわかっていた。けれど、今のリュカには関係ない。余計なことを考えず、全力で自分だけの花を咲かせるだけだ。

教会の鐘が高らかに鳴り響き、一時を告げる。試合開始だ。

仕切り役の副村長の前にマクシムとリュカが進み出ると、観客は水を打ったように静かになる。息を詰め、進行を見守る。

厳めしい顔で咳払いをした副村長が口を開いた。

「では、マクシム君とリュカ君、先攻・後攻を決めるくじを引いてください」

差し出された二本の棒を二人同時に引く。マクシムの棒には先端に赤の印。先攻だ。

できれば先攻がいいなと思っていた。彼の花を見た後では、気持ちが動揺してしまわないとも限らないから。

けれど今はもう、どちらでも関係ない。

「絶対負けないよ」

リュカに向き直りマクシムが言った。真剣な瞳に応え、リュカもまっすぐ彼を見返した。

「うん。おれも負けない」

『負けない』と口にしたのは初めてだった。

「では、先攻マクシム・デュボワ君、前へ」

後攻のリュカは一歩下がり、マクシムが自分に割り当てられた畑の前に立った。

リン、と澄んだ鈴の音が響き渡る。術開始の合図だ。術師は鈴が鳴ってから五分以内に花を咲かせなければ失格となる。これも本選のルールを踏襲している。

マクシムは胸の前で両手を組み合わせ、静かに目を閉じる。その横顔は神に祈りを捧げる天使のように美しい。

涼やかな立ち姿に比して、全身から立ち上るオーラがすごい。圧を感じるほどの集中力だ。

組んでいた手がほどかれ、パッとそれこそつぼみが花開くように広げられた。茶色い土しかなかった畑が、見る見る緑で埋まり始める。

（早い……っ）

花を咲かせるまでの時間も重要な審査ポイントの一つだ。リュカは五分ギリギリまで使ってしまうことも多いが、マクシムは花がつぼみをつけるまでわずか一分もかからない。

ポン、ポン、と花が開いていくごとに、観客の間からざわめきが起きる。可愛い、綺麗、と感嘆の声が上がり始める。

以前屋敷のそばの畑で見たときよりも、彼の花は格段にレベルアップしていた。赤、白、黄色だけだった花の色にはオレンジやピンクも加わり、縞になっていたり端だけ染まっていたりと色とりどりだ。

そして、その形も様々だった。花弁の先がとがっていたり、フリルのようになっていたりとバラエティにとんでいる。

殺風景な土の畑がカラフルで楽しい、おとぎの国の世界の風景にあっという間に変わってしまった。

マクシムはほうっと息を吐き自分の花を確認すると、よろめいて膝をついた。力を使い果たしたのだ。

息を詰めて見守っていた村人たちから、ドッと拍手と歓声が湧き上がる。

「すごく可愛い！」

「さすがマクシム様だ！」

「色綺麗！　もっと近くで見たい！」

皆ワクワクとしたとてもいい笑顔だ。審査員も全員が満足げに頷き、花に見惚れている。

エリオを見た。彼も笑顔だ。肩の上のレムも立ち上がり、両前足を打ち合わせている。

（花って、本当にすごい……！）

リュカも皆と同じ気持ちだった。感動し、拍手を送りたかった。ライバルが最高の花を目の前で披露したのに、焦りも悔しさもない。むしろ、こんなに可憐で美しい花を見せてくれたマクシムに、心から礼を言いたかった。

立ち上がったマクシムが、リュカを見る。引き締まった厳しい表情だ。

――どう？　次は君の番だよ。見せてもらうからね。

そんな声が聞こえてきそうだ。

リュカが頷き微笑むと、碧色の瞳が大きく見開かれた。リュカが動揺を見せていないのが意外だったのかもしれない。

「では次、リュカ・ミュレー君、前へ」

「はいっ」

ふうっともう一度深呼吸をして、リュカは自分の畑の前に立つ。大丈夫だ、気持ちは落ち着いている。

リン、と鈴の音が耳に届く。タイムカウントが始まる。

目を閉じ、畑に向かって両手をかざした。

――あとはおまえの気持ちの強さが成否を決める。

――何かを強く想ったりする、その想いの量が魔力に変わるんだよ。

この十日間ずっと、エリオのアドバイスについて考えていた。どうすればいいのだろうと悩んでいたことに、今はリュカなりの答えが出せている。

自信は、今もない。全力を出し切っても、イメージどおりの花をうまく咲かせられるかどうかわからない。でも、リュカにもリュカだけの『強い気持ち』はある。

マクシム。格下のおれ相手に全力を出してくれて、最高の花を見せてくれてありがとう。

村の人たち。おれを受け入れてくれて、優しく話しかけてくれてありがとう。

レム、いつもそばにいてくれて、癒してくれてありがとう。

そして、エリオ。

彼の笑顔が浮かんだ瞬間、内側から迸(ほとばし)るようにパワーがみなぎってくるのを感じた。

エリオ、これまでのこと、全部全部ありがとう！

自分だけの強い気持ち――すべての人への感謝の気持ちを力に変えて、リュカは全身に巡らせていく。

力をあふれさせるコツは花喰い虫を駆除したときに摑めた。村を守りたいという願いが魔力に変わり、指先からどんどん出ていくあの感覚だ。

時間は刻一刻と過ぎていく。皆焦れていくだろう。大丈夫なのかと心配しているだろう。

だが、リュカは気にならない。澄んでいく心の中に、今一番自分の花を見てほしい人の儚い微笑みをよみがえらせる。

——リュカ、青い花が見たいな。

(母上……)

あの頃はどんなにがんばっても、小さな花一輪しか見せてあげることができなかった。

けれど、今のリュカはあのときとは違う。

(ねぇ母上、天国はどんなところですか?)

——天国には、こんな可愛いお花が一面に咲いているのでしょうね……。

(今、父上とそこで、見てくれてますか? おれがたくさん咲かせたら、そちらの世界とつながれますか?)

体の中をいっぱいにした力が指先を通ってあふれ出していく。制御できない。止めたくない。

(ずっとずっと、見ててください、おれが、父上みたいな花術師になれるまで……!)

おおっ、と観客が一斉にざわつく。歓声というより、届いてくるのはむしろ驚愕の声だ。

タイミングを計ったようにザッと一陣の風が吹き渡り、さわさわと花を揺らす気配がした。

すべての力を出し切ったリュカは息をつき、おもむろに目を開ける。一面真っ青な世界が、目の前の畑はもちろん、割り当ての区画を越えたその先までずっと広がっていた。

一輪一輪は、中心部が白くなった青い小さな花だ。だがその花が無数に咲いてあたりを覆い尽くしている様は、まさに絶景といっていい。空との境目がなく溶けていくような青は、非日常的な別世界を作り出している。

(できた……イメージ通りに、咲かせられた)

エリオを見た。遠くまで広がる花畑に目をやっていたエリオが、リュカを振り向いて破顔し、やったなと拳を握った。レムも大興奮で、翼を忙しなくパタつかせている。

「すごい……こんな、空みたいな青一色……!」

魅入られたようにふらふらと、リュカの畑の前に出たマクシムがつぶやく。

「これはなんと、素晴らしい……」

「現世に出現した楽園のようだ……」

審査員席からも呆然とした声が届く。

人々の反応はマクシムのときとはまったく違っていた。可愛い、綺麗、と喜ぶよりも、まず度肝を抜かれたといった表情で、声を上げるのも手を叩くのも忘れ、青い畑に見入っている。

そして次第に、静かなざわめきが波のように起こり始める。皆、リュカはマクシムの前座か付録のようなものだろうと思っていたのだから、戸惑うのは当然だ。

——あの黒い子にこんな力があったとは……！

——坊ちゃんの花も美しいが、あの子の花ときたら……！

「み、皆さん静粛に！」

大きくなるざわめきを、副村長が声を張り上げ制した。

「で、ではこれより、審査員は協議に入ります！」

副村長自身も審査員席に戻ると、五人が難しい顔を突き合わせる。

すぐに結論が出ない。そのこと自体が異常事態だ。

広場中が緊迫感に包まれ始めたとき、

「もういいよ！」

声を張り上げたのはマクシムだった。

「僕の負け！　だからもう審査なんかやんなくていいっ！」

「マ、マクシム、しかし……っ」

「いいったら！　お父様だってわかってるんでしょっ？　この勝負、その子のほうが上だったって……。これ以上僕に恥かかせないでよ！」

マクシムは硬く拳を握り、もう一度畑に向き直った。

「僕の花だって、確かに悪くなかったよ。けどあまりにもいろんなものを入れこみすぎて、全体の印象が散漫になっちゃった。でもその子はシンプルに青一色で……すっかり同じ形の花をあんな遠くまでいっぱい咲かせて、僕たちにまったく違う世界を見せてくれた。こんなの、初めて見た。本物だよ、その子の才能は」

「マクシム……」

悔しそうに解説するマクシムを、リュカはパチパチと瞬きながら見つめる。気位の高い彼にしてみれば、審査に時間がかかることにも、忖度で自分が選ばれることにも我慢がならなかったのかもしれない。

「だから、僕の負け！　お父様、早く結果を宣言してっ」

村長はなんとも切なげな、けれどどこか安堵した顔で頷きながら立ち上がった。

「それでは、審査員の意見が全員一致しましたので発表します。王室主催の花術大会、タルーシュ村の代表はリュカ・ミュレー君と決定します！」

パラパラと拍手が起こり始め、すぐに広場全体を揺るがすほど大きくなっていく。やったな、おめでとうと大歓声が送られる。

「二人とも全力を尽くして素晴らしい花を咲かせてくれた。マクシムもリュカ君もこの村の誇りです！　感動をありがとう！」

心のこもった村長の締めくくりの言葉に、皆が大きく頷き二人のがんばりを讃えてくれる。

まだ実感の湧かないリュカは、ポカンとしたまま人々を見渡す。

皆、笑ってくれている。冷たい目を向けてくる人は、もう一人もいない。

「リュカ！」

駆け寄ってきたエリオが両手を広げた。

「エリオ……！」

その嬉しそうな顔を見たらたまらなくなって、リュカはためらわずその胸に飛びこんだ。

やっと実感が湧いてきて、じわっと涙があふれてくる。ピョンとリュカの肩に戻ったレムが、めちゃくちゃに体をすり寄せてお祝いしてくれる。

「よくやったな！　百点満点だ！」

ふわっと額にやわらかいものが一瞬触れ、すぐに離れていった。えっ？　と見上げたエリオはご機嫌で笑っているだけだ。まさか今の、キス？　と思ったら、急に頬が熱くなってきた。

「ちょーっと！　何いちゃいちゃしてんのっ？　二人とも、傷心の僕に少しは気を遣ってよっ」

いつのまにか隣に立っていたマクシムが、両手を腰に当ててプンプンと怒り出す。

「あっ、マクシム……あの、ありがとう」

ペコリと頭を下げると、「何それ嫌み？　それとも余裕っ？」とますます怒られてしまった。

鼻の頭を赤くして大きな目にはいっぱい涙を溜めているライバルは、泣くまいと必死でこらえているようだ。

マクシムはずいっとリュカに近づいた。

「なんだよ、実力ないふりなんかしちゃってさっ。ちょっとぼんやり系装ってたのも、実は

こっちを油断させる作戦だったんじゃないのっ？」

「や、違っ……おれ今日咲かせられたの、マクシムのおかげなんだよ」

「は？　何それ」

「君が……尊敬できるライバルがいたから、おれ全力出せたんだ。試合、ホントに楽しかった」

ありがと、ともう一度言うと、気の強い好敵手の顔がくしゃっと歪んだ。

「何が楽しかっただよ！　こっちは負けたんだからねっ。もうっ、ホントなんなのさっ」

どんどん潤んでくる瞳を見ながらなんと声をかけたらいいのかわからず、リュカはとっさに肩の上のレムを両手で持ち「はい」と差し出した。マクシムはハッと目を見開く。

「え、だって僕、負けたし……」

退こうとする相手に、「はい」ともう一度、大事な相棒を渡そうとする。レムも両前足を伸ばして彼のほうに行きたがっている。

マクシムの手が恐る恐る伸び、レムを受け取った。そうっと胸に抱いた瞬間に、その目から涙がポロポロとこぼれ出す。

「悔しいっ……悔しいよぉ」

大事に抱っこしたレムをふわふわと撫でながら、子どものように泣きじゃくるマクシムの頭に、エリオが優しく手を置いた。

「おまえもよくがんばった。色あざやかで楽しい花、おまえらしくて最高だったぞ。これからもさらに精進して、花術師としても村長としても頂点目指せよな」

「もう、知らないっ」

天邪鬼(あまのじゃく)に返しつつも小さくコクンと頷くマクシムの涙を、伸び上がったレムがせっせと拭ってやっている。

きゅっと唇を噛んだライバルが、強気な目をリュカに向けてきた。

「君さ、絶対優勝しなよ。この僕を負かしたヤツが誰かに負けるなんて許さないんだからね。わかったっ？」

優勝——考えたこともなかった言葉だ。でも、今は応えたいと思う。彼の悔しさを、リュカは背負ってこの先に進むのだから。

「うんっ、おれ、優勝目指すよ！」

「よし！　がんばって、リュカ！」

マクシムがニッと笑って右手を上げた。その手にパンと自分の手を打ちつけて、リュカも笑う。エリオも二人の頭をくしゃくしゃと撫でて一緒に笑った。

人々の祝いの歓声を浴びながら、リュカはもう一度自分の畑に目をやる。青い花の海の向こうに立って、父と母が微笑んでくれているのが見えるような気がした。

＊

十年ぶりに訪れる城下町は、リュカが城にいた当時より明らかに人が増えにぎわっていた。隠れるように地方の村々に移り住み静かな環境に慣れ切っていたので、うっかりすると人波に流されてしまいそうだ。

「リュカ、はぐれるなよ。しっかり掴まってろ」

「う、うん」

エリオの腕をしっかと握り、リュカはキョロキョロしながら町の中央を貫く大通りを歩く。

村にいたときはつぎはぎだらけのくたびれた服を着ていたリュカだが、今は小綺麗な貴族の子息のようないでたちだ。服はなんと、マクシムが用意してくれた。

——君、村の代表なのに、そんなボロ着ていくつもり？

もうっ、しょうがないなぁとぶつくさ言いながら、意外に面倒見のいいマクシムは服以外にもいろいろと出発準備を整えてくれたのだ。試合前は自身が行くつもりで用意していたのだろう様々なものを、すべてリュカに譲ってくれた彼の心遣いには感謝してもしたりない。

最初のうちはまだ少しつんけんしていたマクシムだが、話をするうちにだんだんと笑顔を見せてくれるようになり、旅立つときには別れがたくて互いに目を潤ませるくらい仲良くなれた。愛らしい相棒が二人の仲立ちになってくれたことは言うまでもない。

リュカにとってマクシムは、城を出てから初めてできた友だちだ。そんな友人ができたのも、エリオのおかげだ。

そのエリオはといえば、今は凛々しい騎士姿に戻っている。村では目立たぬように庶民の服を着ていたので、数ヶ月ぶりに見るキリリとしたいでたちに、実のところリュカはドキドキしっぱなしなのだ。

ちなみにレムは、やはり久しぶりの人波に萎縮しているのだろう。リュカが斜めがけした肩かけカバンに潜み、目から上だけをチラチラとのぞかせている。

城下には昨夜遅くに到着したのだが、大会を予選から見るために各地から訪れる人で宿は満杯で、やっと見つけた簡易宿泊所の大部屋の隅で休ませてもらった。あまりよく眠れず疲れも取れていない状態だったが、早起きして次の予選の場所、城下町中央の王制記念公園へと向かっている。タルーシュ村の代表として登録をすませるためだ。

城内で暮らしていたときに、その公園には何度か家族で遊びに行ったことがあった。広い花畑に囲まれた中央広場のほかに、森へと続く散歩道が整えられているとても素敵なところだ。町の人々の憩いの場として、古くから親しまれている場所だった。

「おまえ記念公園の中央広場、わかるか？」

「うん。大きな噴水が真ん中にあって、その周りがぐるっとお花畑になってる……」

「予選はそこで開かれる。各村の代表者は自分に割り当てられた区画に自由に花を咲かせて、町の人間の投票で選ばれた上位二人が本選に進むんだ」

「へぇ〜」

　ということは、大勢の人の前で花術を披露しなくともいいのか。緊張症な上に、咲かせるまでに時間がかかるリュカにとってはありがたい。村の選考会で少し慣れたとはいえ、人の目が相変わらず苦手なリュカだ。

　こうしてエリオと話していると忘れていられるが、周囲からの視線はずっと感じている。村にいたときのように、フードをかぶっていないのでなおさらだ。美しいエリオに向けられる賞賛の眼差しも、隣のリュカに移ると冷ややかで怯えたものになる。

　——見ろよ、黒の魔法使いだ。

　——なんという不吉な……。

　——まさか、大会に出るのか？

　そんな囁きが届いてくると耳をふさぎたくなる。地方の村々よりもずっと露骨な目線にさらされ、リュカはどんどん俯いてしまう。いつもは励ましてくれるレムも不安がっているのか、カバンの中で縮こまっている。

　いきなり強く肩を抱かれた。

「リュカ、顔を上げろ」

　エリオは毅然と前を向いている。厳しい表情だ。

「しっかり前を見てろ。おまえもおまえの父上も何も悪くないし、恥じることは何もないんだ。すべては出世と権力欲に目がくらんだ、一部の悪臣たちのせいだ。ヤツらが扇動して、人々の心に疑心を植えつけた。黒の魔法使いは国に災いをもたらすってな」

語る口調は冷静だが瞳にも声にも怒りが満ちていて、リュカは思わず目を見開く。

「ジスランさんは悪評を立てられて、無念のうちに命を落とした。おまえと母上のことがさぞ心残りだっただろう。悪臣どもは追放されて、表向きは国に平穏が戻ったように見える。だが、国民一人一人の意識はなかなか変わらない。おまえも身をもって感じてるだろう？」

リュカは唇を嚙む。直接的な暴力などはないけれど、冷たい目を向けられ、怯えられるのは悲しい。

「俺はこの状況を変えたい。みんなの誤解を解いて、すべての人が笑って生きられるような国にしたいんだ。リュカ、おまえの花はそれを実現する力がある」

力強い目が向けられ、リュカの背筋も伸びる。

「おれの……花が？」

「そうだ。証明してみせてやれ。黒の魔法使いは恐怖じゃなく、癒しをもたらすんだってことをな」

確信に満ちた笑顔はいつもながらお日様のようにきらめいて、眩しさにリュカは瞬く。

十年もの間エリオがリュカを捜し続けてくれたのは、リュカが笑えていないだろうことをわかっていてくれたからなのだろう。リュカを思い、両親の無念を思って、今、彼はリュカにとって居心地のいい場所を作ってくれようとしている。そしてリュカだけではなく、ほかの人たちにとっても……。

（エリオはすごい……）

村が栄えることは国の繁栄につながると言って、熱心に村の人に花術の指導をしていた姿を思い出す。今隣にいる『お兄ちゃん』は、もう昔のやんちゃ少年ではない。これからのフェルディアン王国の中枢を担っていく、重臣の一人になる人なのだ。

「おれ、がんばるよ」

リュカはぎゅっと拳を握った。

大会で優勝すれば王室付きの花術師になれるという話だった。エリオと一緒に王様に仕えて、父のようにお国のために役立てたらどんなに素晴らしいだろう。これから始まる予選は、そこに至るための第一歩なのだ。

「いいな。その意気で、予選を最高位で通過しようぜ」

髪をくしゃっとかきまぜられ力がみなぎってくるように感じ、リュカはしっかりと頷いた。

「ああ、それとな」

エリオの表情が少し厳しくなる。

「おまえに直接危害を加えてくるような過激な連中はもういないだろうが、城下にいる間は一人で出歩いたりするなよ。危ないからな」

「うん、わかった」

もちろん、こんなに注目を浴びながら一人歩きなんかできるわけがない。それに……。

（エリオと、一緒に歩きたいし……）

素敵すぎる騎士姿をまたチラッと見上げ、リュカはそっと頬を赤らめる。彼といると安心できるというのもあるけれど、こうして並んで歩いているとなんだか『特別な人』と逢引きしているようなほんわかした気分にもなってくる。

（……って、おれ、何浮かれてるんだろ？）

変だよね、とリュカは熱くなった頬を手で扇いだ。

エリオに町を案内してもらいながら人波を縫って大通りを進んでいくと、ほどなく目的の公園に到着した。

予選が行われる中央広場は、作品公開まで関係者以外立ち入り禁止となっている。入口の受付でタルーシュ村の代表として登録を終えると、区画の場所を決めるためのくじを引かせられた。

ちなみに全出場者は二十人、各村の代表者十八人に加え、特別枠で選出された二人だ。割り当てられた自分の区画に、一般公開される二週間後までに花を咲かせるようにと説明を受けてから、リュカは下見に向かう。エリオもレムも広場の中には入れないので、入口で待ってくれている。

部外者を立ち入らせないための厳重な柵をくぐり、広場に出たリュカは「わぁ！」と声を上げた。

噴水を中心とした周円が、きっちり二十の区画に仕切られていた。今はまだ各区画は仕切り板で覆われ、畑の中が見えないようになっている。半数ほどの区画の前にはすでに村と出場者の名前が書かれた札が立てられていた。場所取りは先着順のくじ引きらしい。

リュカの区画は入口から一番遠い向こう正面側だった。案内してくれた担当係員が、リュカを仕切りの中に入らせてくれる。

「わぁ、広い！」

畑は村の選考会のときの倍の広さがあった。

広いのも善し悪しだ。リュカのように個ではなく面で見せるタイプの花術師には一見有利だが、万遍なく咲かせる力量が必要だし、インパクトのある花を大量に咲かせられる術師には敵わないだろう。

「あんた、噂の黒の魔法使いさん？」

担当係員に声をかけられ、リュカはビクッと肩を震わせる。おずおずと振り向いて見た彼は友好的な笑顔で、リュカに対する嫌悪感は感じられない。

「私、ジスラン・ミュレーさんの花、大好きだったんですよ。今でも雨の花が一番好きな花だねぇ」

「えっ、ホ、ホントですかっ？」

びっくりした。雨の花が人気があるのは知っているが、事件以来城下の人は、父の作品を好きだと表明しづらくなったのかと思っていたから。

「もちろん。だから、あんたの花には期待してるよ。立場上大っぴらには応援できないが、心の中でね」

そう言って、担当係員は村の人たちと同じ温かい笑みを向けてくれる。

「あ、ありがとうございます！」

嬉しかった。こんな人もいてくれるのだ。誰もが皆、リュカを嫌っているわけではないのかもしれない。

（がんばろう……！）

リュカはそっと拳を握った。

「それにしてもあんた、くじ運は最高だね！」

「えっと……？」

「この区画を誰が引き当てるんだろうって楽しみだったんだよ。プレッシャーかもしれないけどがんばりなよ」

バンと背を叩かれ、嫌な予感にかられたリュカはあたふたと仕切りを飛び出した。すでに決まっている両隣の札を確認に行く。

右隣は『ブラン』、左隣は『ファントム』――特別枠の優勝候補二人だ。

リュカは自分のくじ運のなさに絶望するとともに、がっくりとうなだれた。


宿に戻る間も落ちこみ続け、そのたびにエリオとレムに慰められては浮上した。だが部屋に戻ってひと息つくと、またじわじわと不安がこみ上げてきた。

レムは疲れたのか、彼用の小さな寝床でぐっすりと眠ってしまっているので、風呂から上がったばかりのエリオに再度訴えると、

「だから、よかったじゃないかって」

と、師匠は苦笑であっさり同じ答えを返してきた。

「むしろついてるよ。その二人の間なら目立つのは間違いなしだ。予選は投票選出なんだから、まずは見てもらわないと話にならないだろう？」

「そ、そうなんだけど……おれの、埋もれちゃわないかな？」

「二人とおまえとは作風が全然違うんだから、かえって有利だろうが。ほら、悲観の虫が出始めてるぞ。前向き前向き」

パシッと背をはたかれ「う、うんっ」と頷くと同時に、急に近づかれて胸が甘い感じに高鳴ってくる。

エリオはタオルを首からかけただけの上半身裸だ。洗い髪が乾ききっていないのがまた艶っぽい。チラッと見上げてしまったたくましい上半身から、リュカはあわてて目をそらした。

丘の上の小屋で暮らしていたときも、こんな状況はよくあった。エリオはあまりそういうことに気を遣わなかったので、水浴びから帰ったときなど、お～い着替え出してくれ、などとリュカを呼びながら、ほとんど全裸だったことだってある。そういう大雑把なところは少年のときとまったく変わらない。リュカも慣れているはずだったのに、なぜ今さらドキドキしてしまうのだろう。

（明るいから、かな……？）

小屋には小さなランプの明かりしかなくて、よく見えなかったから？　いや、そんな単純なことだけではない気がする。

ふと、自分が今座っている寝台を見た。城下に着いた初日はやむを得ず大部屋だったが、今日はエリオが長期滞在用にちゃんとした部屋を確保してくれたのだ。この部屋に入って最初に思った。

――寝台が二つある。

村では小さな寝床で二人と一匹、ぎゅうぎゅうになって寝ていたので、一人で悠々と眠れる寝台は寝心地がいいはずだ。なのに、なぜか物足りない。エリオのぬくもりを感じながら眠ることに、慣れてしまっているせいだろうか。

かといって、一つの寝台に二人で寝たりしたら、今感じているドキドキがさらに高じてしまいそうで、それはそれで困ったことになりそうなのだが……。

「リュカどうした？　そんな難しい顔で考えこむなよ」

「えっ？　う、うんっ」

実は今考えていたのはときめきの理由についてなんです、なんてとても言えない。いっそ大部屋で雑魚寝のままだったら、こんなにもやもやしなくてもすんだのか？

「過剰に心配しすぎるなよ、大丈夫だから。とにかく今はよく食べて、よく寝て、体調を整えることが先決だ。予選の花のことはゆっくり考えればいい。焦るなよ」

「う、うん、そうだよねっ」

というかそんなに近づかないで、と心で叫びながら、リュカは両手で膝を抱えた格好で寝台の上をじりじりと下がる。このままでは心臓の音がエリオに聞こえてしまう。

「どうもおかしいなおまえ。何かまだほかに気になってることでもあるんじゃないのか？」

やはり相当挙動不審だったのだろう。首を傾げたエリオに、寝台に両手をつきずいっと迫ってこられて、リュカはさらにうろたえる。

エリオはおそらく、リュカがときめいてしまっていることにまったく気づいていない。それはきっとリュカが彼にとって、『好きな人』の対象に入っていないからなのだ。そう思うと、胸がチクチクと痛み、悲しくなる。

――好きっていうのは、相手が特別でずっと一緒にいたいとか、大事にして守りたいと思うことかな。

『好きな人』について村で話したとき、エリオはそう言っていた。それからずっと、リュカは折に触れ考えていた。考えても考えても、結論は一つだった。

（だとしたら、おれが好きなのは、やっぱりエリオだ……）

けれど、リュカがそう思っていることに、エリオは気づいてくれていない。

もちろん、今の自分たちにとっては大会のことが一番大事なので、それ以外のことの優先順位は低い。けれど毎日一緒にいるのだから、少しはリュカと同じように、彼にも意識してほしいと思ってしまう。

――まぁ、確かにおまえにはまだ少し早いよな。

では、いつになったら早くなくなるのだろう。

（思い切って、聞いてみたほうがいいかな……？）

自分では駄目なのか。『好きな人』の候補にしてもらえないのか。

――いい、リュカ？　もっと押せ押せでいかなきゃ駄目だよ。

村を発つ前にもらった、マクシムのアドバイスがふいに浮かんできた。

――大体リュカは奥手すぎっ。あんなに長いことあの狭い小屋で一緒にいて何もないとか、ホントあり得ないから。もっと自分から積極的に先生に甘えていかないとっ。甘えられると男は、こいつ可愛いな、ぎゅっとしたいなって思うもんなのっ。

自分で自分をぎゅっとしながら、夢見る瞳で持論を語っていた友人の助言を、今こそ生かすべきときなのでは……。

ある意味花術よりも難しいが、リュカは心の中でよし、と気合を入れる。

「あ、あのね……エリオ」

「なんだよ？　ほら、なんでも言ってみろ」

「お、おれ、あ、甘え……ぎゅっと……っ」

「ん？　なんだって？」

「おれ、エリオと、一緒に寝たいっ」

間違えた。

いや、間違いではない。言いたいのはそういうことなのだが、いろいろと大事なことをすっ飛ばして勢いで結論を先に言ってしまった。

エリオが大きく目を見開くのを見て、火がついたように顔が熱くなる。ごめん今のなし、と言いたいのに声が出ず、リュカはただあわあわと両手を振った。

何言い出すんだこいつ、と即座に笑い飛ばされるかと思ったのに、リュカを呆然と見つめていたエリオは意外にも困ったように視線をそらした。

「まいったな……悩み事はそっちなのか……」

独り言のようにつぶやく声も、戸惑いの表情もいつもの彼らしくなく、リュカは目をパチクリさせる。一体どうしたのかと見守っていると、いつになく甘い眼差しと微笑みが向けられドキリとする。

「まったく……人が我慢してるのにそういうことを言うか？　おまえなぁ、どうなっても知らないぞ」

（えっ……えっ？）

言われている意味がよくわからずにいるうちに、

「そういうことなら、俺は大歓迎だ。ほら、横になれよ」

と、急かされてしまう。リュカは大あわてで寝台に横たわり、鼻の上まで毛布をひっかぶった。

部屋の明かりが落とされ、寝台が軋む。エリオの気配を背中に感じて、緊張が高まりドキドキが加速してくる。間にレムがいないだけで、彼の高い体温をすごく近くに感じる。

「どうしたよ、自分から誘っておいて。照れてるのか？　こっち向けって」

笑い交じりの声が背中に届き、肩に手をかけられクルリと体を反転させられてしまった。

「わわっ」

向き合わされる格好になり、リュカはカチンと固まる。部屋の明かりは消えていても、窓からは外の光が入りこみ、丘の小屋の何倍も明るい。見惚れるほどの美貌が今はいつにも増して優しげで、高鳴ってくる鼓動が気になり直視できないほどだ。

大きな手がそっと頬に触れてきて、リュカはわずかに肩を震わせた。

「リュカ、俺と一緒に寝たいっていうのはどういうことだか、おまえわかって言ったのか？」

「え、えーっと、それは……っ」

別人のように艶っぽい熱を帯びている瞳から目をそらしながら、リュカはしどろもどろに答える。

「お、おれ、エリオとくっついてると、安心するから……。村にいたときみたいに……」

アハハと小さく笑い声が届いた。

「なんだよ、心細かっただけなのか？　だよな。やっぱりおまえにはまだ早いか」

また、早いと言われてしまい、リュカは思わず俯いてしまう。

心細いのは本当だが決してそれだけではないことを、うまく説明できる気がしない。本当はもっと、心の中でもやもやしている切ない想いを伝えたいのに、今のリュカにはまだ難しいようだ。

（マクシム、おれ上手に甘えるの、まだちょっと無理みたいだよ……）

しょぼんとうなだれていたが、優しく髪を梳かれているうちに心地よくなり緊張も解けてくる。無理をせず、今のところはこのほどよい距離を保った関係でいいかな、と思い始める。

「リュカ……こっちを見てくれ」

おずおずと顔を上げた。目の前の青空色の瞳が、光の加減で今は紫がかって見える。とても綺麗だ。

ずっと見つめていたかったけれど、リュカはいつものようにすぐ目をそらしてしまう。エリオに限らず誰とでも目が合わないように気をつけているのは、相手の人を不快にしたくないからだ。リュカの黒い目に見られると、皆嫌な気分になるだろうから。

「俺は、おまえの黒い髪と目が好きだ」

びっくりするようなことを言われ、リュカはハッとエリオの顔を見直した。まっすぐな目にじっと見つめられて、体温が急速に上がってくる。

「深くて濁りのない、引きこまれそうな黒だ。いつまでも見ていたい」

お世辞じゃないぞと微笑み、エリオはリュカに顔を近づける。

「もっと見せてくれよ。……ああ、ホントにすごく綺麗だ。どんな花よりもな」

黒い目はリュカのコンプレックスだった。父には申し訳ないけれど、母の琥珀色の瞳を受け継いでいればこんなに苦労しなかったのでは、と思うことは何度もあった。

（でも、エリオは好きだって……）

エリオが今そう言ってくれたから、リュカも初めて自分の目を好きになれそうな気がした。たとえほかのすべての人に嫌がられても、エリオが好ましく思ってくれるのならそのほうがいい。

「よかった……エリオが、嫌じゃなくて」

じっと見られるのがどうしても照れくさくなり、リュカは伏せ目になってつぶやく。

「おまえと初めて会ったとき、綺麗な目だなってびっくりしたよ。見たことのない宝石みたいだった」

お兄ちゃんたちと出会った場所……緑が広がる原っぱの風景が心に浮かぶ。その頃からリュカは人をまっすぐ見るのが苦手だったし、周りの人もリュカを見かけるとさりげなく目をそらした。けれどエリオとカミーユは、いつもそらさずリュカの目を見てくれた。

「ずっと見ていたいと思った。こいつが大人になるまで……いや、それから先もってな。おまえの目に、見つめられていたかった」

「エリオ……ホントに……？」

「ホントだよ。今だってそう思ってる」

瞳をのぞきこまれたまま、エリオの顔が自然に近づいてくる。ドキドキが頂点に達してとっさに目を閉じてしまうと、瞼(まぶた)にそっとやわらかい感触が触れてきた。口づけられたのだとわかり、頬が急に熱くなる。

村の選考会で勝ったときも、エリオは額に口づけをしてくれた。リュカにとっては大事件だったが、エリオはまったくいつもと変わらぬ態度だった。もしかして彼にとって口づけというのは、あまり深い意味のない挨拶程度の行為なのだろうか。

おずおずと目を開くと、驚くほど切なげな目で見つめられていて、そうではないとわかった。きっと、エリオにとっても気軽にできることではないに違いない。

相手がリュカだからしてくれた。そう思いたい。

「早く大人になってくれよ、リュカ。俺をいつまでも待たせるな」

熱を帯びた囁きとともに、そっと引き寄せられ、くるむように抱き締められた。

自分のものに重なって、エリオの心臓の音も聞こえてくる。規則正しいその音を聴いていると、甘く切ない気持ちよりも安らぎが満ちてきて、リュカは再び目を閉じる。

(もっとがんばりたい……。成長したい。花術も、好きっていう気持ちのほうも……)

「エリオ……おれ……」

がんばるよ、という最後のひと言はまどろみの中に溶けてしまう、

「明日もいい日にしような。いい夢見ろよ」

優しい囁きとともに耳朶(みみたぶ)に口づけられ、胸がほんわかとした甘さに包まれるのを感じながら、リュカは安らかな眠りに引きこまれていった。

＊

十年ぶりにくぐる城門は、出ていったときと変わらない荘厳な重々しさがあった。だが中

に一歩入るとなんとなく以前と雰囲気が違っていて、リュカはわずかに首を傾げる。

「ずいぶん変わっただろう？　おまえがいた頃は貴族以外は城の敷地内に入れなかったんだが、今は国民が自由に散歩できるように、いくつかの庭園を整えて開放してるんだ」

「へぇ～」

リュカは目をパチパチさせながら、城門から続く美しい庭園を見回した。庶民と思われる人たちが、手入れされた美しい花々を眺めながらのんびりと歩いている。とてものどかな光景に、体の強張りもほぐれてくる。

レムも今日はカバンの中ではなく、定位置の肩の上だ。懐かしくて嬉しいのか、しきりとキュウキュウ鳴いてはニコッとしている。

予選で咲かせる花のイメージが固まらないうちに日が過ぎていき、焦りを感じ始めているリュカを心配したのだろう。エリオが、昔三人で遊んだ原っぱに行ってみないかと誘ってくれたのだ。父の悲しい知らせを受けた場所でもあったので、無理はするなと気遣いながら。

行きたいとリュカは答えた。確かに父のことや、その後の母との針のむしろのようだった生活を思い返すと胸はぎゅっと痛くなる。けれどリュカにとって、城にはいい思い出のほうが多かった。

家族三人で笑っていられた幸せな日々。そして何よりも、二人のお兄ちゃんと過ごした楽しいひととき。

特にエリオとカミーユとの少年時代の思い出は、これまでつらいことがあったとき何度もリュカを救ってくれていたのだ。

「リュカ、大丈夫か？　帰りたくなったらいつでも言えよ」

「うん、大丈夫だよ。ありがとう」

そびえたつ大きな城が見えてくるに従って、正直胸が不安に高鳴った。だがリュカの足取りが遅くなるたびに、エリオがぎゅっと手を握ってくれたので鼓動はすぐに静まった。大きくて力強い手の感触に、違う意味でときめいてしまいそうになったけれど。

思えばエリオは子どもの頃から、いつもリュカを細やかに気遣ってくれていた。しょっちゅうからかわれてはいたけれど、リュカが本当に嫌がることを彼は決してしなかったし、困り顔をしているとすぐに気づいて声をかけてくれたことを思い出す。

――チビすけ、おまえなんかあったらすぐ俺に言えよっ。

ちょっと照れたようにそっぽを向きながら、偉そうに言っていた少年のエリオが浮かんできて、リュカはクスッと笑った。

「ん？　なんだ？」

「な、なんでもないよ」

首をすくめチラッと見上げたその姿は、あの頃から比べると本当にかっこよく凛々（りり）しく成長した。

一瞬、一つの寝台で抱き締められて眠ったときのときめく感覚がよみがえってきそうになり、リュカはぶんぶんと首を振った。

「キュッ？」

「一体なんなんだよ。おかしなヤツだな」

ハハハと明るく笑うエリオはリュカの知っているいつもの彼だが、城下に来てから気づいてしまったことがある。

騎士姿のエリオを見ると、同じような騎士の制服を着た人たちは例外なく足を止め、皆ビシッと敬礼するのだ。城門をくぐってからは特に顕著だ。あちこちに配置されている護衛の兵士たちが、わざわざエリオのほうを向いて一糸乱れぬ敬礼を捧げる。明らかにエリオより年長の人も多い。そしてエリオはといえばそのたびに、ビシッというにはほど遠い軽い敬礼を返すだけなのだ。

（エリオってもしかして、すごく偉い騎士様なのかな……？）

エリオとカミーユの素性をリュカは知らない。カミーユが王子様だとするなら、エリオだってもしかしたら、リュカが想像するよりずっと高貴な家柄の人なのではないだろうか。

（そんなに偉い人なら村長さんちのお婿さんにはなれないだろうし、きっと素敵なご令嬢をお嫁さんにもらうんだろうな……）

そう思ったら、急に気持ちがどんよりとしてきた。

「キュキュッ？」

レムの前足にちょいちょいと頬をつつかれ、リュカは大丈夫だよ、とあわてて笑顔を作る。

そう、今大事なのはエリオのことよりも、予選の花のことだ。

この十日間、どんな花を咲かせようかと悩みに悩み、結局いまだにイメージが固まっていない状況だ。エリオは焦らずギリギリまで悩めと言うが、そろそろお尻に火がつきかけている。

二十区画もある花畑の中で少しでも目立つには、やはりそれなりに華やかさがあったほうがいいだろうか。素朴なのが持ち味、なんて開き直っていてはいけないのでは……。しかもよりによって、両隣りは特別枠の二人だし……。

「ま～た難しい顔してるな」

コツンと頭を拳で突かれ、リュカはハッと我に返る。

「今日くらいは花のことは忘れてろよ。そのほうがいい発想が生まれてくるかもしれないぞ。……ほら、見えてきた」

顔を上げ、エリオが指差すほうに目をやる。

「あっ……」

王宮の大きな建物に隠されるようにして、爽やかな黄緑色がのぞいている。そこは一般人立ち入り禁止区域らしい。当時と同じように、人の気配はない。

「あの原っぱは今、カミーユの所有になってるんだ。花術の練習場にしたいからと、あいつが陛下に願い出てな」

「えっ、カミーユのっ？」

「まったく、練習なんか必要ないくせに笑えるよな。要は、あの場所は俺たちにとっても大事ってことだよ。ほかの誰も入れたくない、そういう場所だ」

昔の光景を思い出しているのか、エリオが原っぱを愛しげに見やる。

「キューッ！」

懐かしさに我慢できなくなったのだろう。レムが翼をパタパタさせながら、一直線に原っぱに飛んでいく。

「ほら、おまえも行け」

背を押され、リュカも弾かれたように駆け出した。

「うわぁ！」

原っぱの真ん中に走り出たリュカは歓声を上げる。そこは時間を巻き戻したように昔のままだった。いや、当時より少し狭く感じるのはリュカが大きくなったからなのか。

爽やかな風が吹き渡り、隙間なく生えた草がさわさわと揺れる。草の香りのする空気を胸いっぱい吸いこむと、体の内側から澄んでくるような気がする。

レムがはしゃいで飛び回っているのを見ながら、リュカは昔のように大の字になって寝転がってみた。

空が高い。とても気持ちがいい。

　エリオが隣に腰を下ろす。

「昔もおまえ、よくそうやって寝転がってたよな。いつのまにかうたた寝しちまって、俺が上着かけてやってたっけ」

　上着をかけてくれていたのはカミーユだとばかり思っていたが、エリオだったのか。

「目覚ますと、エリオがいつもじっと顔見てて……あれって、おれにいたずらしようとしてた？」

「のんきでアホな顔して寝てるなーと思って見てたんだよ。今もまぁ、そんなに変わらないけどな」

「むぅっ」

　起き上がり、えいえいっと両手ではたくとエリオは嬉しそうにアハハと笑った。リュカも笑う。

　悩みでいっぱいになっていた心がすっと軽くなっていく。あの頃は難しいことは何も考えず、純粋に楽しんで花を咲かせていた。二人のお兄ちゃんと遊びながら一生懸命追いつこうとしていたあの情熱が、リュカの花術の原点だった。

（あのときと同じ気持ちで、いいのかな……？）

　寝転んで見上げる青空はどこまでも広い。リュカの心にあるもやもやなんて、ものすごく些細なことに思えてくる。

「あの頃おまえが咲かせてた花な、俺もカミーユも好きだったぞ」

意外な言葉にリュカは目を丸くした。

「嘘だ、エリオはすごく馬鹿にしてたでしょ？」

「や、だからそれは、子どもだったから素直にほめるのが照れくさかったんだって。本人と同じようにちっこくて……なんていうか、ほっこりさせられる花だったよな」

いかにも『ほっこり』というようなエリオの微笑みに、リュカのほうが照れてしまいそうになる。

「いろんな花術師の花を見てきたが、あんな花を咲かせられるのはおまえとジスランさんだけだ。あれこそおまえの持ち味だな」

たとえ地味でこぢんまりした花でも、それがリュカの個性だ。自分らしい花を感謝をこめて咲かせれば、きっと誰かの心に響く。そう信じたい。

「うん。……エリオ、あの……」

ホントにありがとう、と改めて礼を言おうとしたとき、

「キュー！」

レムが高い声を上げてビューンと飛んでいくのが目に入った。リュカは何事かとそちらに目を向ける。

「お、来たな。おまえにもう一つ、サプライズプレゼントを用意したんだ」

エリオがいたずらっぽくウインクして立ち上がった。

王宮のほうからすらっとした背の高い人が歩いてくる。位の高い花術師の着る真っ白いローブと、流れるように長いプラチナブロンドがとても優雅だ。

一直線に飛びつき胸にしがみついたレムを抱いて、穏やかな灰色の瞳を持つ美しい人がアハハと嬉しそうに笑った。

「あーっ！　カミーユッ？」

リュカは弾かれたように立ち上がると、自分でも驚くほどのすばやさで懐かしい人に駆け寄った。

「リュカ、レム、久しぶり！　やっと会えたね！」

感動の再会に言葉も出ず目を潤ませ、リュカはうんうんと何度も頷（うなず）く。

エリオと再会したときもその見事な成長ぶりに驚いたが、カミーユもまた目を瞠（みは）るほど美しく神々しくなっていた。エリオと違い子どもの頃から近寄りがたい気品をまとっていたカミーユだが、その神秘性が一層増し加わっている。本当に王子なんだと言われても、やっぱりと納得してしまうだろう。

「よかった本当に……。君が見つかったとエリオに聞いたときは、ひざまずいて神に感謝したよ。もっと近くに来て、顔をよく見せて」

昔と変わらぬ白く細い指が伸びてきて頬に触れる。胸がトクンと高鳴ったのはときめきではなく、大好きなお兄ちゃんとまた会えた嬉しさからだ。

「ああ、間違いなくリュカだ。綺麗になったね。漆黒の瞳が黒曜石のように神秘的だ」

エリオもカミーユも不吉と言われるリュカの瞳をじっと見て、照れてしまいそうな嬉しいことを言ってくれる。それにしてもさすがカミーユだ。エリオなんかいきなり『相変わらずチビすけだな』だったのだから。

「カ、カミーユも、綺麗。すごくかっこいい。会えて、よかった」

真っ赤になりながらなんとか言葉を絞り出すと、隣でエリオが笑いをこらえているのが目に入った。照れくささにパシッと腕をはたくと、昔のままの光景にカミーユが楽しそうに笑う。

「懐かしいね、その感じ。……ああ、はいはい。君も一段と可愛くなったよレム」

ボクはボクは？　とカミーユの胸のあたりを引っ張るレムを優しく撫でてから、「座って話そうか、昔みたいに」と促される。

「えっ、でもカミーユの服が汚れちゃう……」

「汚れたら洗えばいいんだよ」

先に座ったカミーユにほら、と腕を引っ張られ、リュカも腰を下ろす。レムはリュカの肩にちょんと移ってくる。

「カミーユ、俺はちょっといくつか野暮用をすませてくる。リュカを頼めるか？」

「了解。積もる思い出話をしてるから、どうぞごゆっくり」

え、っと思う間もなく、エリオは「じゃあなリュカ」と軽く手を上げ、王宮のほうに足早に向かっていってしまった。

エリオがいなくなるとなんとなく緊張してくる。何しろカミーユは王様専属の花術師……いや、もしかしたら王子様かもしれないのだ。

「リュカ、エリオがいないと心細い？」

そんなにわかりやすかっただろうか。クスクスと笑われ、「そ、そんなことないよっ」とあわてて首を振った。いい大人なのに、エリオに依存していると思われたら恥ずかしい。

「心配しなくても大丈夫。彼もあれこれと忙しい身なのでたまに消えるかもしれないけれど、君のことが一番だから。すぐに戻ってくるよ」

（おれのことが、一番……？）

胸がふわっと嬉しい感じに満たされる。カミーユは昔から嘘を言わない。

「リュカ、城を出てからこれまで、本当に大変だったんだよね」

灰色の目が細められ美貌が曇る。

「エリオから大体聞いているけど、君の口からも直接聞きたいな。どうしていたの？」

請われるままに、リュカはこれまでのことをポツポツと話し出す。口下手なリュカのたどたどしい話を、カミーユは相槌を打ちながら静かに聞いてくれていた。

ふと気づくと十年ものつらかった頃の話よりも、エリオと再会してからのここ半年の話のほうが多くなっていた。エリオのおかげで花術が上達したこと、村の選考会のこと、マクシムという友だちができたこと……。

語っていくうちに笑顔になってきたリュカを、カミーユは嬉しそうに頷きながら見つめていた。

「そう。大人になった君は、イメージどおりの花を咲かせられるようになったんだね」

「あ、あの、昔と比べればばっていうだけ。なんとなく、こうすればいいっていうのがわかってきたんだ。エリオのおかげで」

話しているうちに、カミーユに対する緊張も解けてきた。聞き上手で優しいお兄ちゃんは、見かけは格段に素敵になってもやはり昔のままだ。

不思議だ。当時は幼いなりに、カミーユに対してもっとときめくような、憧れの感覚があった気がする。でも今は、なんだか家族といるような心地よさだ。

「よかった。エリオと君は思った通り、素晴らしいパートナーになっているんだね。二人ならきっとそうなれると思っていたから、僕も嬉しいよ」

「パートナー……？」

心から嬉しそうなカミーユを見て、リュカはわずかに首を傾げてしまう。師匠と弟子の関係のことを言っているにしては、口調に甘さがある。

「つき合ってるんだろう？　エリオと」

「ひょえっ？」

続く予想外のひと言に、リュカはおかしな声を上げてのけぞってしまった。とっさに肩の上を見ると、いつも一緒に驚くはずのレムはなぜかニコニコと頷いている。

「つ、つき合うって……えっ？」

「うん？　もちろん生涯のパートナー、恋人としてということだけど。おや、もしやまだそこまでいっていないのかい？」

今度はカミーユのほうが驚いたようで、涼やかな目を見開いている。

「な、ないっ、ないよっ。おれたちそういうのじゃ、ないっ」

リュカは焦りながら両手を振る。生涯のパートナーという言葉が頭を駆け巡り、頬は勝手にどんどん火照ってくる。

「ふぅん、そうなの……。驚いたな、即実行が信条のエリオが……どうやら、リュカのことが本当に大事なようだ」

カミーユは宙を見て何か一人でつぶやいていたが、うんうんと頷いてからリュカを見た。

「僕の見る限り、君たちはお似合いだと思うよ。リュカはどう？　エリオのこと」

「どうってっ……あの、おれ……っ」

はぐらかそうとしたって顔がリンゴみたいに真っ赤になってしまっていては、白状しているのも同然だ。カミーユにフフッと笑われてしまう。

「どうやら、特別に想(おも)ってはいるようだね」

「だ、だけど、きっとエリオは、おれのこと別に、その……ただの教え子で……。そう、昔からおれ、からかわれたり、意地悪されてたし……」

言いながら肩がしょんぼりと落ちてくる。エリオにとって自分はまだ子どもで、『好きな人』の枠には入れてもらえていないのだろうから。

しかしカミーユは「いやいや」と苦笑で首を振る。

「それは、君のことを可愛く思っていたからだよ。君たちの間にはあの頃から特別な絆(きずな)があったと思う。僕ですら中に入れない……なんというのかな、そう、運命的なものを、当時から感じていたよ」

見ていてちょっと悔しかったな、と優雅に笑むカミーユを、リュカはポカンと見つめる。

（特別な、絆……？）

そんなものがあっただろうか。思えば確かにエリオに対しては、カミーユに対する憧れとは違って、一緒にいてとても自然でいられるというか、そんな感覚があったけれど……。

微笑んでいたカミーユの瞳が少しだけ陰る。

「君と母上がここを出ていったと聞いたあとにね、エリオは何度も城を脱走して君たちを捜しに行こうとしたんだ。まだ城下町に行くのにも、親の許可が必要な歳(とし)の子どもだったのにね」

「脱走……！　ホントに……？」

「うん。絶対に捜し出して、君たちを城に連れて帰ると。そして、二度と傷つけられないよう自分が守ると、そう言ってね。僕は、もう少し大人になるまで待とうと止めた。その間は陛下が人を遣わして君たち母子を捜されていたけれど、見つけられなくてね」

　城に戻れば自分たちも父のように危険な目に遭うかもしれないと、リュカと母は用心に用心を重ねて身を隠していたのだ。見つけられなかったのも無理はない。

「自由に城の外に出られるようになると、エリオはすぐに君たちの捜索に出かけた。僕は彼と行動をともにすることができなかった。ごめんね、リュカ」

　とんでもない、とリュカは首を振る。そんなのは当然だ。城内で暮らす貴族の子息が自由に国の端から端まで巡り歩くなんて、ちょっと考えられない。勝手な行動に位をはく奪されたっておかしくない。

「三年経っても五年経っても、エリオは諦めなかったよ。成果どころか手がかりすらなくて落ちこんでいただろうに、そんな素振りは欠片も見せずにいつも笑顔で、こう言っていた。『リュカを見つけたら、また三人であの原っぱでのんびりしような』って」

　ここだよ、とカミーユが手を広げる。

　あの頃と変わらぬ爽やかな風を感じながら、じんわりと瞳が熱くなる。

　エリオが自分を捜し続けてくれていたのと同じ年数、リュカも彼の夢を見続けていた。ここで三人で笑って過ごした、宝物のような思い出の風景を毎夜よみがえらせては、涙をこらえていたのだ。

「君を見つけたと知らせを受けたとき、彼の想いが二人の絆を再び結び合わせたんだと感動したよ。エリオにとって君は、間違いなく誰よりも大切な人だ」

ポロリとこぼれてしまった涙をすばやく拭い、リュカはコクンと頷く。肩の上のレムもニッコリと頷いてくれている。

カミーユの大天使様のように優しい微笑みが、リュカを包みこむ。

「そういうわけだからリュカ、これからもエリオをよろしくね。親友としてお願いするよ。彼もいろいろと大変な立場なので、正式なパートナーになったら君にも苦労はあると思うけれど、そこは二人で乗り越えて……」

「おいカミーユ、なんか余計なことまで話してないだろうな、おまえ」

足早に戻ってきた噂の主が眉をひそめるのに、カミーユはフフフと意味深に笑う。

「いやいや、別に何も?」

「泣いてるじゃないか。リュカを泣かせていいのは、昔も今も俺だけだぞ」

「な、泣いてないよっ」

「はいはい、わかっています。まったく、変わらないね君も」

キュキュ~とレムが変な顔で笑い、三人もつられて笑ってしまう。こんな日がまた来るなんて、信じられないくらい嬉しい。

「ところで、リュカは予選の花はもう咲かせたの？　締め切りまであと四日だよね」

「むぅっ……そ、それがまだ……」

「今のリュカがどんな花を咲かせるのか、早く見てみたいな。すごく楽しみだよ。ちなみに僕はもう咲かせたから、公開されたらぜひ見てね」

「うんっ、カミーユの花、おれも楽しみ！」

「最強のライバルの花はしっかり見とけよ、リュカ。その前に、まずおまえは自分の花だけどな」

「う、うん……」

「一緒に決勝戦に残ったときは、手加減はしないからね」

ニコッと微笑むカミーユが冗談で言っているようには見えなくて、リュカはキョトンとしてしまう。リュカが決勝に残れるなんて、カミーユは本気で思っているのだろうか。

「望むところだ」

「キュッ」

おたおたするリュカに代わって、自信満々の師匠と相棒が答えた。

「そうだ、久しぶりに会った記念に花でも咲かせないか？　あの日咲かせてた、課題の花なんてどうだ？」

「教本に載っている定番中の定番のあれだね。懐かしい。リュカもやるかい？」

「うんっ」

あのときはお兄ちゃんたちの咲かせる可愛い課題の花を、感心しながら眺めているだけだった。でも今はリュカだって、同じ花を咲かせることができる。

三人は三角になって座り、それぞれの手を地面にかざした。

「じゃ、3、2、1でいくぞ」

「えっ、早い、待って待って」

「3、2、1！」

エリオとカミーユが同時に手をどけると、お手本のような形状の清楚な花が一輪ずつ咲いていた。黄色い中央を白い花びらが一重に取り巻く可憐な花だ。

リュカも遅れて手を引っこめた。そこには二人のものより小ぶりな同じ形の花が、なぜか四輪。

「あっ、三人と、レムの分で、なんとなくっ」

リュカのあわてぶりに、目を見開いていたエリオとカミーユは同時に笑う。

「ありがとう、リュカ。今はもう、こんなに綺麗に花を咲かせられるんだね、君は」

「おまえやっぱり数多いのが好きなんだな」

笑いながら、二人ともリュカの成長に目を細めている。課題の花どころかオリジナルの花でさえろくに咲かせられなかった、十年前を懐かしんでいるのだろう。

(でも、一生懸命で楽しかったな。何も考えずに、ただ咲かせることに夢中だった……)

レムがキュッキュと喜びながら小さな前足で花を摘んでいく。足りなそうだ。

「よし、もっと咲かせるか」

「いいね。一分間で何輪咲かせられるか競ってみようよ」

「え、え〜っ」

十年ぶりに、原っぱに笑い声が響き渡る。

同じこの場所でつらい知らせがもたらされたときのことを、何度も夢に見てうなされてきたけれど、きっともう大丈夫だ。思い出すなら、今日のことにしよう。ずっと忘れないように、今の二人の笑顔を胸に焼きつけておこう。

エリオに小突かれたり、カミーユに撫でられたり、レムに抱きつかれたりしながら、リュカはいっぱい笑った。笑いすぎて涙が出て、指先で目尻を拭って、それでもまだ嬉しくて笑い続けていた。

王制記念公園の自分に割り当てられた区画の前に立ち、リュカは深く息を吐く。

すでに閉園し門は閉ざされていたが、担当係員にエリオが頼んでくれて特別に入らせてもらったのだ。エリオとレムは中央広場の外で待ってくれている。

もうとっくに日は沈み、空には星が瞬いている。今同じ空を村の仲間も見ているかもしれないと思うと、見えない手で支えられているような気持ちになる。

空から畑に視線を戻した。気持ちは頭上の夜空のように澄んでいる。悩み、迷っていた昨日までとはまったく違う。

（うん、咲かせられる……大丈夫）

昼間、思い出の原っぱに行き、カミーユと再会した。十年の時を経て三人で昔のように笑い合い、宝物のような記憶を取り戻した。

人はキラキラと輝く大切な思い出をしっかりと離さずに持ってさえいれば、悲しいことやつらいことを乗り越えていけるのだろう。どんな人でもそんな失くしたくない温かな記憶を、心の奥の宝箱に大事にしまっているはずだ。

生きることに精一杯な忙しい日々の中で、そんな思い出はしまわれたままになってしまっているかもしれない。けれど取り出してもう一度両手ですくってみたら、それはすぐに当時の輝きを放ち始め、その人を救うことだろう。

（おれの花を見てくれる、みんなに、思い出してほしい……）

無邪気な子どもだったときを……。

大切な人と笑い合って、楽しく過ごしていた日々を……。

レム、エリオとカミーユ、両親の顔が交互に浮かんできた。じんわりと熱くなってきた瞳を覆うように、リュカは瞼をそっと閉じる。

（楽しかった日を、大事な思い出を、どうか取り戻して……）

いっぱいに願いをこめ、リュカは両手を畑にかざした。全身に満ちた力が、指先から一気にあふれ出ていくのを感じた。

＊

「おいリュカ。起きてるんだろう？」

ゆさゆさと体を揺さぶられ、リュカは頭までかぶった毛布の中で膝を抱え体を丸めた。

「ね、寝てます。熟睡中」

「何言ってんだまったく」

バサッと毛布をはぎ取られてしまい、「わぁっ」と頭を抱えるが、

「とっとと朝飯を食え。今日こそ行くぞ」

と、呆れ顔のエリオに引っ張り起こされてしまった。レムも起きて起きて、とリュカの周りをパタパタ飛び回る。

「お、おれはいいよ。なんかちょっと、お腹が痛くて……」

「おまえなぁ、毎日都合よくどこかが痛くなるよな。仮病だってことはばれてんだから、もういい加減覚悟を決めろ」

エリオは嘆息し、バシッと活を入れるように丸まったリュカの背を強めに叩(たた)いた。

大会出場者の花が公開されて今日でもう一週間になるが、リュカはまだ会場に見に行けていない。締め切り間際になんとかイメージ通りの花を咲かせられたはよかったが、いざとなったら急に怖くなってしまったのだ。

自分らしい、自分にしか咲かせられない花でいいのだと納得していたつもりだし、そういった意味ではうまくいったのだけれど……。

(いくらなんでも地味すぎるよね、あれじゃ……)

毎日レムと公園に行っているエリオによると、連日かなりの人が出場者の花を観賞しに押しかけているそうだ。村の代表に選ばれるような実力者ぞろいの花はきっとどれも素晴らしいだろうし、よりによってリュカの区画は優勝候補の二人の間なのだ。あまりにも差がつきすぎて、もはや哀れを通り越し痛々しいほどなのではないか。

大切な思い出を取り戻すどころか、人々の『なんじゃこりゃ?』というがっかり顔を想像してしまうと、とてもじゃないが行けそうもない。

「エリオ、ごめんっ。おれ無理だよ、やっぱり怖いっ」

リュカは情けない声を出すと、ひしと枕にしがみつきまた寝転がった。はぁというエリオの深い溜め息が届いてくる。

「おまえ、そんな弱気でどうするんだ？　そんなんじゃ決勝戦なんか出られないぞ。円形闘技場に満員の観客を入れて、その中で術を使うんだからな」

「ど、どうせ行けないからいいいっ」

「ホントにいいのかそれで？　自分の花を見た人がどんな反応をするのか、知りたくないのか？」

「み、みんな、呆れてる……？　ガッカリしてる？」

「さ〜あ、どうだろうな。気になるなら自分で確かめろ」

エリオは初日からニヤニヤ顔ではぐらかし、リュカの花の評判を教えてくれない。レムに聞いてもエリオに口止めされているのか、素知らぬ顔で目をそらしてしまう。

正直、気になってしょうがない。一人でも自分の花の前で立ち止まってくれている人がいたら、勝負には負けてもそれだけで十分だと思えるから。

(でももし、一人もいなかったら……)

「自分の花を見ないのは勝手だが、いいのか、ブランの花は？　おまえあいつに約束してただろ？　見るって」

「ブラン……カミーユの花……っ」

リュカは枕を離してバッと起き上がった。

見たい。王室御用達の花とはどんな花なのか。やはり白い花なのか。それに、彼の花だけではなく……。

「ファントム！　ファントムの花も見れるんだよね？　どんな花っ？」

エリオはそっぽを向き口笛を吹く。レムが行こうよ行こうよと耳を引っ張る。

自分の花に対する人々の反応を見たくないなどという理由で、二人の花を見損なったらそれこそ一生後悔するだろう。

「むぅっ、い、行くっ！」

「そう言うと思ったよ」

エリオは笑って、レムの小さな前足と指先をチョンと合わせた。

初日から三日間ほどは大行列で入場制限がかかるほどの混雑だったらしいが、一週間経った今日はそれほどでもない。人は確かに多かったが、各区画をゆっくり見て回れるだけの余裕はあった。

ただでさえ目立ってしまうリュカは、アイボリーのショールを目深にかぶり髪と目を隠している。おかげで冷たい視線が集まってくることもなく、肩の力が抜けていた。

レムは今日もカバンの中だ。クリンとした目だけがカバンの口から出ていて、綺麗な花の前ではニコニコと細められる。

　向こう正面側はブランとファントムの花目当ての人たちでいっぱいなので、リュカたちはほかの出場者の区画から回り始めた。

　ちなみに気に入った花は摘んで持ち帰れることになっているので、花ばさみや籠を手にしている人も多い。摘まれても自然にまた生えてくるだけの魔力を有しているのかも、審査のポイントだった。

　やはり村を代表して来ているだけあって、どの花術師の花も美しい。ただどれもこぢんまりとまとまりすぎているというか、定番すぎて面白みに欠ける印象だ。区画全体に咲かせられていなかったり、色がうまく出ていなかったりもする。正直、マクシムの花のほうが見応えがあった。

　それでも、ほかの優れた花術師の個性あふれる花を見る機会がほとんどなかったリュカにとっては、とても興味深く楽しい。

「どの花も可愛いね、エリオ。勉強になるよ」

「その地方なりの特徴が出てるのもいいよな。ほら、この村は寒い地方だから、花が下向きに咲く」

「へぇ～」

　エリオに解説してもらいながら見て回るうちに、だんだんと自分の区画が近づいてくる。

見たいような見たくないような複雑な思いから無意識に俯きがちになっていたが、

「ほらリュカ、ブランの花だぞ」

と背を叩かれ、顔を上げざるを得なくなった。

「わぁっ！」

思わず声が出た。

まず目に飛びこんできたのはその色、シルクのような光沢の純白だった。『本物の白』とエリオは表現したが、確かにここまで純粋な白色は見たことがない。

丈の高い花だ。太く長い茎の先に、クルッとひと巻きしたような大きな真っ白い花びらが、中央の黄色い花柱をくるむように取り巻いている。見たことのないエレガントなフォルムは独特で、背筋を伸ばしすっと立つ貴婦人のように優雅だ。

（なんて素敵な形……っ）

リュカは言葉を失いポカンと口を開けて、その気品のある花を見つめる。まさしく王宮を飾るのにふさわしい高貴な雰囲気の花だ。周囲の人もうっとりと、近寄りがたさすら感じる白花を見つめている。

（すごい……やっぱりカミーユはすごいっ！）

ワクワク感で心臓がはち切れそうだ。

見たい。心を鷲掴みにしてくれるような、綺麗な花がもっと見たい。

突き上げてくる昂揚感に背を押され、リュカは次の区画――自分の畑――をあえて飛ばして、左隣の区画前の人垣に割りこむ。

「えっ、丸い……っ?」

またしても驚きの声が出てしまった。

ファントムが咲かせたのは、赤地に白い縞の入った大きい花だった。先のとがった無数の花びらの一つ一つが内側にカールして、全体として球体を形作っている。初めて見る珍しい形の花が、広い区画全体に実った果実のように咲き誇っている様は壮観で、すごいインパクトだ。

(すごい……ファントムもすごいっ!)

とにかく感動し、勝負のことなどリュカの頭から完全に吹き飛んでいた。

ブランもファントムも本物の天才だ。この二人と同じ時代に、同じ花術師のはしくれとしてともに生きていられることが本当に嬉しく、誇らしかった。

身を乗り出し二人の花に見入っていた人たちの間にふいにざわめきが起き、全員が一斉に道を開けた。リュカもエリオにガードされながら一歩下がる。

人垣の中央にできた道を優雅に進んできたのは、見るからに独特なオーラを放つ男女だった。

女性は相当な高齢で、品のある濃紺の花術師のローブを着ている。とがった鉤鼻と鋭い目、腰が曲がり杖をついたその姿は、絵本の中の魔女そのものだ。

もう一人はダンディな伊達男で、口髭の似合う気障な雰囲気。装飾過多で派手な貴族の服装だ。

「イネス・オーベルとギョーム・カバネル。決勝戦の審査員だ」

エリオが小声で教えてくれる。

その二人のことはリュカも情報紙で読んだことがあった。イネスはすでに一線を退いた王室所属の花術師で、究極のレジェンドの異名を取る高名な魔法使い。ギョームは自他ともに認める国一番の花の鑑定士だ。ファントムの花か、よくできたまがいものかを見分けられるのは彼だけだという。

二人はブランとファントムの区画の間——リュカの区画の前あたりに立ち、腕組みをして作品を眺める。見惚れているというのではなく、冷静に観察するといった風情だ。

「うん、間違いなくファントムの作品だ。このところ新作がなかったが、腕は鈍っていないようだな。ファントムのとブランの花が、やはり頭一つ抜けているね」

「でも二人ともまだ全力を出していないわね。とても完璧とは言えないわ。まぁ、八十点といったところかしら」

イネスの批評にリュカは唖然とする。伝説の魔法使いは求めるレベルが相当高いようだ。

「イネスは厳しいぞ。俺とカミーユも個人教授を受けてたが」

エリオが囁いた。なんとも渋い顔をしているところを見ると、昔かなりしごかれたのかもしれない。

「だがイネス、決勝戦に進むのがこの二人ということにはあなたも異論はないだろう？　見ればば見るほど素晴らしい。実に個性的で色も形も申し分ない」

「そうねぇ……でもギョーム、私はこの花も気になってるわよ」

そう言ってイネスが杖で示したのは、目の前のリュカの畑だった。声を上げそうになり、リュカは両手で口を覆う。

昼の日差し下で、初めて自分の畑をちゃんと見た。白い小花が集まって球になった清楚な花。可愛らしい丸い形の葉が連なり、畑一面を隙間なく覆っている。それは十年前のあの日、力が足りず咲かせられなかった花だった。

誰にでも親しみやすく、郷愁を呼び起こすような花を目指したのだが、天才二人の花に挟まれるとインパクトのイの字もない。

「タルーシュ村はマクシム・デュボワを送ってくるかと思っていたが……リュカ・ミュレー？　もしや黒の魔法使い、ジスラン・ミュレーの息子か？　鷹がとんびを産んでしまったという残念な噂があったな」

ギョームが思い切り眉を寄せる。

「これだけびっしりと均一に咲かせられるのはたいしたものだが、なんとも地味だな。花としての華やかさがない。イネス、あなたは本気で彼に見どころがあると？」

「ええ、だってごらんなさいな。この畑に集まってる人たちの顔」

「っ……」

リュカは高鳴る胸をぎゅっと押さえ、信じられない光景を見つめる。

自分の畑を取り囲むように人が群がって、花や葉を摘んでいる。子どもたちははしゃぎ、大人たちは口元に温かい笑みを浮かべて。

（喜んで、もらえてる……？）

「みんなこの花を身近に感じるんでしょうね。たくさんの人が競って、花や葉を摘んでいってるわ。どうやら三つ葉の中に四つ葉が混じっていて、見つけると幸せになれるなんて噂が立っているらしいわよ」

意図してそうしたわけではない。すべてを四つ葉でそろえるのは今のリュカの全力をもってしても難しく、結果的にそうなってしまっただけだ。なのに、皆そんなふうに思って四つ葉を探してくれているのか。

（おれの花や葉っぱが、みんなに、幸せを……？）

「三つ葉だろうが四つ葉だろうが、葉は花じゃないだろう。そもそもイネス、あなたは宮廷にこの花がふさわしいと思うのかい？」

「あらギョーム、花は貴族だけのものじゃありませんよ。身分を問わずみんなのものでしょう？　リュカ・ミュレーはそれをわかってる。一番大切な、花の役目をね。現にブランとフアントムの花は、リュカの花より摘まれていない」

天才二人の花はあまりにも近寄りがたく芸術的すぎて、手折るのが申し訳ないような気がしてしまうのだろう。皆ぼうっと見惚れてはいるが、確かに手を出そうとする人は少ない。

「なるほどねぇ。予選は投票だから、これはなかなかいい勝負になるかもしれないな。ダークホース、リュカ・ミュレーの名を、私も覚えておこう」

「さぁて、誰が残るのかしら。決勝戦が今から楽しみだわね」

ホホホ、ハハハと笑い声を響かせながら、国の誇る花術師と鑑定士は退場していく。

妙にアクの強い有名人の二人がいなくなり、耳をそばだてていた人たちの緊張も一気に解ける。イネスの話を聞いていたのだろう。何人もの人がリュカの畑に駆け寄り、四つ葉を探し始めた。

――なんか、この花確かに懐かしいな。

――子どもの頃こんな花で冠を作ったわ。

――四つ葉見つけたよ！

届いてくる楽しげな声に、リュカの瞳はじんわりと熱くなってくる。

「だから早く来ればよかったのに。初日から大盛況だったんだぞ、おまえの畑」

エリオがポンと頭に手を乗せてきた。

「よかったな、リュカ」

ポロリとこぼれてしまった涙をすばやく拭い、リュカはうんうんと頷く。

自分の花畑を気に入ってくれた人がいた。伝説と言われるほどの優れた花術師が、見どころがあると言ってくれた。

（全部、エリオのおかげだ……）

彼が捜し出してくれなかったら、リュカは村のはずれの丘の上で、一生独りでひっそりと枯れそうな花を咲かせていたことだろう。

改めて感謝の気持ちでいっぱいになり、リュカは涙をこらえながら礼を言った。

「エリオ、ホントに、ありがとう」

「俺はたいしたことはしてない。全部おまえのがんばりの成果だよ。まぁ、俺の予想じゃおまえはトップで予選を通過するな」

自信満々な顔で指を立てるエリオは、あながち冗談を言っているようにも見えない。リュカは思わず笑ってしまう。

「まさか、そんなわけないよ」

「いやいや、この人気っぷりだと大いにあり得るぞ。そうだ、予想が実現するように、俺が幸運のお守りを見つけてやる。レム、来い」

「キュキュッ」

エリオはリュカのカバンからレムを抱き上げ肩に乗せると、人をかき分けてリュカの畑の脇にしゃがみこむ。

「エ、エリオ、ちょっと……っ」

超絶美形の騎士と黒い毛並の珍獣が真剣な表情で葉をかき分ける姿はやたら目立っているが、本人たちはまったく気にしていない。

「おっ、あった！　あったぞ！」

「キュキュキュッ！」

それぞれがやっと見つけた四つ葉を持って、リュカに向かって掲げてみせる。

――どこだよっ、四枚のないぞ？

少年だったあの日の唇をとがらせたエリオが、目の前の笑顔の彼に重なり胸がじんと温まった。四枚の葉は、リュカに確かに幸福を届けてくれた。

その日からリュカは、毎日中央広場に足を運んだ。リュカの畑にはいつも人がいて、楽しそうに花や葉を摘んでくれていた。その笑顔を見ていられるだけで、結果はもうどうなってもいいと心から思えた。リュカは満足して、幸せだった。

やがて投票期間は終了し、一ヶ月後の決勝戦に進む花術師が決定した。


宿の部屋には小さなバルコニーがついていて、そこからは星がよく見える。可憐な花々のようにきらめく星を見上げながら、リュカはほうっと息をつく。

体の内側がほのかに熱いのは、さっきまで飲んでいた祝いの酒がまだ少し残っているせいかもしれない。

リュカが決勝戦進出を決めたことを知らせてくれたのはカミーユだった。先に知らせを受けた彼がいても立ってもいられず、自ら馬を飛ばして宿まで駆けつけてくれたのだ。

投票結果の順位はトップがカミーユ、僅差でファントム、そしてさらに僅差でリュカだった。規定では上位二人が本選に進めることになっていたのだが、三人の票差があまりにもわずかだったこと、四位以下との開きが顕著だったことで、リュカも特別に選ばれたらしい。

——イネス師の推薦もあったようだよ。

いつもは静かで穏やかなカミーユが珍しく興奮しながら教えてくれた。

——リュカをここで落とすのはいかにも惜しいってね。その進言に陛下と王妃様も即賛同されたようだ。

どうやら王と王妃もお忍びで予選の花を見に来たらしい。特に王妃はリュカの花が気に入り、花冠を作れるくらいたくさんの花を摘んで帰られた、とカミーユは嬉しそうに語った。

——イネス師もお二人も、リュカの花をもっと見たかったんだろうね。それはもちろん、僕もだけれど。

——俺もな。あと、町の人たちも、だろう？

――キュキュッ！（ボクもだよ！）

二人と相棒の嬉しすぎる言葉がじんわりと胸に沁み、リュカは何度も涙を拭った。

その後はお祝いに町一番と評判のお店で豪華な夕食をご馳走してもらい、ほんの少しお酒――もちろん初体験だ――を飲んで、夢のように楽しいひとときを過ごした。レムはお酒が気に入って、チビチビ舐めているうちに酔っぱらってしまったようで、今は自分の寝床でぐっすり眠っている。

知らせを受けてから、ずっとぼうっとした感じが続いている。大好きなカミーユと、憧れのファントムと一緒に決勝戦で花を咲かせられるなんて、まだ信じられない。

（村のみんなも、喜んでくれるかな）

朗報はすぐにタルーシュ村にももたらされたはずだ。皆の喜ぶ顔を思い浮かべ、リュカも自然に微笑んだ。

これからはきっとリュカも、村のためにもっと役に立てるようになる。マクシムを助け、村を盛り立てられるようにもっともっとがんばりたいと、今はそう思う。

エリオに励まされ支えられながらひたすら前へ前へと進んでいるうちに、自分の将来も前向きに考えられるようになっていた。つくづく変わったなと思う。そして、変われたことが嬉しい。

（でも待って、村に帰るってことは……）

エリオとはお別れなんだ、と気づいたらチクッと胸が痛んだ。

本選には残してもらえたが、あの天才二人を抑えて優勝できるとはさすがにリュカも思っていない。大会が終われば確実に、さようならを言う日がやってくる。

つまりエリオといられるのも、あとひと月なのだ。

「リュカ、ほら水。飲んどけ。酒が抜ける」

わざわざ表の井戸まで行って汲んできてくれたのだろう。戻ってきたエリオに差し出された水を、リュカはコクコクと飲み干す。冷たくておいしい。

「しかしホントによかったな。改めておめでとう」

心から嬉しそうな笑顔のエリオにもう一度祝われて、だんだんと実感が湧いてくる。

「うん。イネスさん、国王陛下、王妃様、町の人たち……感謝したい人がまた増えたよ。おれ、いっぱい力もらえてる」

「見ててわかるぞ。おまえの魔力、ここにきて相当強まってる。これは優勝も夢じゃないな」

あながち冗談ではない口調に、リュカも「がんばるよ」と拳を握る。以前だったらそんなの無理だよ、と俯いていただろう。強くなれたのも、エリオがそばにいてくれたからだ。

「その意気その意気」

アハハと笑いながら髪をこしゃこしゃにされ、リュカも笑った。こんなに楽しいのもあとひと月という現実を、頭から追い出そうとしながら。

「なぁリュカ」

ひとしきりじゃれ合ったあと、エリオがやや真剣な目を向けてきた。

「おまえ、大会が終わったらどうするつもりだ？」

避けていたかった話題を振られ、ドキリとする。もちろん、負けたときのことを聞かれているのだろう。

「う、うん、村に帰るつもりだよ。今なら前よりももっと、花を咲かせられるし、おれにもできること増えたと思うから」

「帰らないで、俺と残らないか？」

いきなり言われ、「えっ、なんて……？」と聞き返してしまう。エリオがどことなく照れたように笑う。

「や、だから、俺のそばにいてほしいんだよ。勝っても負けても、もう離したくないんだ、おまえを」

本選出場決定の知らせを受けたときよりもびっくりして、リュカはただただ目を見開く。驚きすぎて言葉が出てこない。

「やっぱり驚くよな。おまえ全然気づいてなかっただろう、俺の気持ち」

エリオはハハハと笑ってからやや真面目な顔になり、一つの寝台で一緒に寝たときと同じ甘い眼差し（まなざし）を向けてくる。

「おまえが好きだよ、リュカ。どうしようもなく可愛いし、愛しく思ってる。ほんのチビすけだったときから、俺はずっとおまえだけを想ってた」

「嘘……」

信じられずに呆然（ぼうぜん）とつぶやくと、手が伸ばされて頬に触れてきた。

「嘘じゃない。十年間離れてた間も、おまえはずっと俺の心の中にいた。いつか見つけ出したらもう二度と離さないで、一生そばで守ってやると決めてたんだ」

――エリオにとって君は、間違いなく誰よりも大切な人だ。

カミーユの声がよみがえる。

あのときはまだ確信できなかったけれど、彼の言ったことは本当だったのだ。自分は大切に想われていた。弟のようにではなく、恋人のように。

甘い言葉と優しい眼差しが、お酒よりも確実にリュカを酔わせていく。夢のようなことが続けざまに起こり、だんだんと怖くなってきた。

眠って目が覚めたら、あの丘の上の小屋にたった一人でいるのではないか。レムだけを話し相手にして、俯きがちに萎（しお）れた花を咲かせているのではないか。

「これまでみたいに、二人で一緒に暮らしていかないか？　これからだって大変なこともあるかもしれないが、俺がおまえを守って支えるし、おまえにも支えていてほしい。何よりきっと楽しいぞ、二人でいれば」

もちろんレムも一緒にな、と目の前で笑っているエリオが、幻なのではないかと不安になってくる。

村で独りだったときも、たまに夢と現実の境目がわからなくなり、いない人がそこにいるかのような錯覚に陥ったりした。父、母、そして二人のお兄ちゃんたち……。現実に戻りやはり夢だったかと落胆することに慣れすぎ、それが当たり前になっていて、逆にいいことばかり続くと混乱してしまう。

「お、おれ……あの……っ!」

嬉しいのに、今すぐ返事をしたいのに、積もった嬉しさが飽和状態になりめまいを覚えたリュカは、よろけてバルコニーの手すりにもたれかかってしまった。

「おっと、大丈夫か?」

リュカがいっぱいいっぱいになっていることを、ちゃんとわかってくれているのだろう。エリオは余裕で背を支える。

「そうだよな。今急に言われても、決勝戦のことだけでおまえの頭の中満杯になってるよな。俺とのことは、大会が終わってからゆっくり考えてくれればいい。もっとも、おまえが村に戻るって結論を出しても、俺は諦めずにしょっちゅう会いに行くけどな」

リュカのうなじに手を当て引き寄せて、エリオが額に軽い口づけを落とす。唇の触れたところから、甘い感覚が全身に回っていきそうだ。

「エ、エリオ……これ、夢、じゃないの……？」

　確認する声は、自分でも驚くほどか細く不安げになってしまった。声を発するだけで、夢から覚めてしまうのではないかと怖くて……。

「おれ……いいことあっても、それいつも、夢だったから……。たまにわからなくなるんだ、ホントのことか、やっぱり夢なのか……」

　エリオの眉がどこか苦しげに寄せられる。気弱な発言に、また呆れられているのだろうか。

「夢だってわかると、そのまま夢を見ていたかったなと思うんだ。覚めたくなかったって……。だから今も、ずっと夢の中なのかなって……エリオとまた会えてからのこと、もし全部夢だったら、おれ……」

　このまま覚めたくない、と続ける前にぎゅっと抱き締められた。

「大丈夫だ、夢じゃない」

　力強い声が届いて、瞳が潤んでくる。

「夢じゃないから安心しろ。これからは今までの分まで、おまえにはいいことばかりある。それも全部、夢じゃないぞ」

　ポンポンと優しく背中を叩かれ、涙が止まらなくなってくる。

「ホント？　ホントに、あるかな……？」

「ああ。夢だと思ったら俺に聞けばいい。聞かれるたびに、こうして……」

指先がリュカの頰をちょっと強めに摘まんだ。

「い、痛いよ、エリオ」

「な？　痛いなら、夢じゃないってことだ」

「うん、夢じゃない……夢じゃないね」

エリオがアハハと笑った。リュカも頰をこすって笑う。

夢じゃない。夢のように嬉しい、確かな現実だ。

あり得ないほどの幸福感が満ちてきて、笑っていたいのにまた泣けてくる。泣き笑いのおかしな顔になったリュカの頰を涙を拭うように撫でてくれながら、エリオは照れくさそうに、

「いい返事待ってるぞ」と微笑んだ。

＊

決勝戦は城下町を見下ろす高台に位置する円形闘技場で行われる。かつての不穏な時代には、囚人と猛獣を戦わせるなどの野蛮な見世物も開催されていたというそこは、今は王室主催の平和な式典や祭事などでたまに国民に開放されるだけだ。

リュカも情報紙で外観の絵を見たことがあるが、下見を許可され中に入って、改めてその大きさに圧倒された。正確に測ったような円形の広場は小さな集落が丸ごと一つ入りそうな

ほど広く、取り巻く段状の客席には何千もの人が座れそうだ。

唖然としながら広場中央に立ちカチンコチンに固まるリュカの背を、バンと強めに叩いて師匠は言ったものだ。

——よかったな。広ければ広いほど、おまえに有利だ。

慰めではなく本気で言っているらしいエリオは、あくまでぶれずに前向きだった。

確かに、リュカの花は狭い場所に一点集中で咲かせても見栄えがしないので、ある程度空間があるほうがありがたいが……。

(それにしても、こんなに広いなんて……)

大丈夫かな、と不安になりながらも、残りの一ヶ月でリュカはとにかくできることをがんばった。主に気持ちを強め、魔力を高める努力を続けた。

決勝戦がどういう形式で行われるかは当日まで明かされないので、具体的な花はイメージできなかったが、可能ならやってみたいと思うことはあった。

(木の花に挑戦してみたいな)

常にリュカの心にあるのは父の代表作、雨の花だ。あの品よく艶(つや)やかでありながら可憐な花を超えるのは今のリュカには無理でも、近いものを咲かせられたら、という願いはある。

——雨の花は、ジスランさんがおまえの母上のマリーさんのために咲かせた花だったよな。

エリオが教えてくれたエピソードが、ずっと胸に残っている。

（おれも、エリオに……）

そんな願いが、最近リュカの中で高まりつつあった。

想いを告げられたあの夜から、エリオはその話を蒸し返そうとしない。大会が終わるまではリュカの心を乱してはいけないと、待ってくれているようだ。

あのときはびっくりしすぎて、ちゃんとした返事ができなかった。感情が高ぶるほど口が動かなくなる自分が情けない。

けれど、リュカには花術がある。エリオに、花で伝えたい。自分も同じ想いだということを。

（上手に魔力を溜められれば、きっとできるよね）

そのためにはとにかく本番で上がらないようにしなくてはと、エリオと一緒に積極的に町中に出てみたりもした。周囲の人たちに避けられ気味なのは変わらないが、たまに予選の花をほめてくれたり、がんばれと声をかけてくれたりする人もいて、そのたびに感謝の気持ちがリュカの内に溜まっていった。

レムも最近は慣れてきたのかカバンの中ではなく、堂々とリュカの肩に乗っている。声をかけてくれる人にニコニコと両前足を振って、表情の薄いリュカの分まで相手を笑顔にしてくれていた。

記念公園にも引き続き足を運び、自分の花に喜んでくれる人たちを見ながら、ありがとうの想いを積み上げていった。プレッシャーのかかる日々の中でも笑顔でいられたのは、エリオとレムがいてくれたからだった。弱気の虫が出て不安になるたびにエリオが笑わせ励ましてくれ、レムがすり寄り癒してくれた。

（ずっと、このままでいたい……）

あの夜求められた返事は、リュカとしてはもう決まっている。あとはそれを花に託して伝えるだけだ。

いい昂揚感に包まれた日々はあっという間に過ぎて、いよいよ決勝戦前日となった。

リュカは朝から何度も繰り返している持ち物確認に余念がない。レムにも手伝ってもらいながら寝台の上いっぱいに並べられたものを、エリオが横からのぞきこんでくる。

「やけに荷物が多いな。……これ何だよ？」

「薬草。お腹と頭が痛くなったときの、別々に。あとね、市場で見つけた、人前でも上がらない飴（あめ）」

「うわっイカサマくさいな。いつ買ったんだそんなの」

「あ、あと絆創膏（ばんそうこう）と包帯。お水を入れる水筒と、甘いお菓子」

「お、おまえ……山遊びにでも行くつもりか？　……ん？　これは……」

「しし、色紙……」

「だな。何に使うんだ？」

「ファントムに……名前、書いてもらう。リュカさんへって」

照れてニヨニヨするリュカに、エリオの「はぁ〜?」という呆れ声が浴びせられる。

「だって、せっかくだから」

ファントムに会えるのは、リュカにとって明日の大きな楽しみの一つだ。そしてそれは、国民全員の注目の的でもあった。

ファントムの正体については、これまでも何かにつけて取り沙汰され、さんざん好き勝手な予想が立てられてきた。

彼——もしくは彼女——の花が各所で発見されるようになったのはここ六、七年のことなので、比較的歳若いのではないか、とか。作風から見て、派手好きで流行の最先端を追う若い女子では、とか。卓越した魔力からして、人生晩年を迎え旅に出た高齢の一流魔法使いだ、とか。

その様々な推理合戦にも、明日ついに決着がつくのだ。

「おまえ……ずいぶん余裕だな。まぁ、そのくらいのほうがいいか」

エリオが苦笑する。

「余裕、はないけど、安心はしてるよ。エリオがいてくれるから。全部、エリオのおかげだよ」

エリオのおかげ——その言葉を、もう何度口にしてきたことだろう。明日は彼への感謝の気持ちのありったけをつぎこんだ花を咲かせよう。そして、言葉にできない想いを伝えようと、リュカはそう決めている。

「だから、俺は何もしてないって。今だって晴れ舞台を前にしたおまえに、こんなものしかやれないしな」

エリオはそう言ってリュカの手を取り、シャラッと音をさせて鎖のようなものをのせた。綺麗な銀色のそれを持ち上げ、リュカは目を見開く。

「四つ葉の、首飾り……っ？」

鎖の先端にはリュカが予選で咲かせた花の四つ葉が二つ、首飾り用に加工されてつけられている。おそらくエリオとレムが見つけたものだ。

「お守り代わりだ。おまえに幸運があるように」

エリオはもう一度首飾りを取り、リュカの首にかけてくれる。ニコニコ笑顔のレムが肩の上で両前足を打ち合わせている。

せっかく見つけた幸せを、彼らはリュカのために使ってくれようとしている。じんわりと胸が温まった。

「ありがとう、エリオ、レム」

思わずこぼれてしまった涙の一粒を、エリオが指先で拭ってくれる。青空色の瞳に優しく見つめられ、全身が砂糖菓子に変わってしまったような気分になる。視線をそらせず、胸は甘い音を立て始める。

エリオの顔が近づきドキドキが大きくなりかけたとき、トントンッと扉を叩く軽快な音が

して二人は反射的に離れた。どうぞと言う前に扉が開き、金髪巻き毛の小柄な若者が飛びこんでくる。

「リュカー！」

「わぁっ、マクシム！」

駆け寄ってくる友人と、リュカはぎゅっと抱擁し合う。

マクシムとはたまに手紙のやり取りをしており、決勝戦観戦のために近々城下に来ることは聞いていた。

「久しぶりー！　わーっ、レム！　レムだぁ！　おいで〜抱っこだよ！」

レムも再会に大喜びだ。マクシムにぴょ〜んと飛びつき思い切り抱っこされている。

「あ、エリオ先生も久しぶり。相変わらず男前じゃない」

「おい、その温度差……俺は付録か？」

「え、だって僕、人のものになっちゃった男には興味ないから〜」

苦笑するエリオと軽口を叩きつつ手を打ち合わせ、マクシムはまたリュカのほうを向く。

「ねぇ、いよいよ明日だね。僕までドキドキしてきちゃいそう」

「マクシム、来てくれてありがとね。すごく嬉しいよ」

「そんな、当然じゃない。村の若い連中もみんな来てるよ。タルーシュ村青年団、明日は最前列でリュカ・ミュレーを応援するからね！」

お父様がコネでいい席取ってくれて、とマクシムは浮き立っている。

知り合いが客席の見えるところにいてくれるというだけで心強く感じる。感謝の気持ちがさらに積もっていく。

「リュカの花めちゃめちゃ楽しみ！　僕と対決したときより成長してるんでしょ？　しょぼい花咲かせたら許さないからねっ」

肘でつつかれエヘへと笑う。マクシムにも今の自分の花をぜひ見てほしい。

「マクシムは、いつまでこっちにいるの？」

久しぶりに会えたのだから、できれば積もる話がしたい。

「うん、明日大会見て、明後日帰る予定。ほかのみんなは田舎者だから、今城下町見学に行ってるの」

僕はまぁ城下町なんか来慣れてるから～、と得意気に顎（あご）を上げてから、マクシムは遠慮がちにリュカをチラッと見た。

「それで僕、今日これから記念公園に予選の花を見に行こうと思ってるんだけど、一緒に……って、無理だよね。明日本選だし」

「行きたいっ」

リュカは即答し、エリオを見る。

「すぐ帰って来るから」

公園は宿からそう遠くないいし、最近は毎日行っている。これまで特に危険な目に遭ったこともない。マクシムともっと話したいし、彼になついているレムも胸にしがみついて離れがたそうだ。

エリオは少し考えてから頷いた。

「そうだな、気分転換になるかもしれないし、行ってこいよ。晩飯までには戻ってくるんだぞ」

公園に行き自分の畑を見るたびに、リュカが笑顔になって帰ってくるのを彼もよく知っているので許してくれたのだろう。

「うんっ」

「その間に、俺はちょっと用をすませてくるかな。マクシム、リュカのこと頼む」

「はいはい。もう～、相変わらず過保護なんだからぁ。リュカ、レム、行こうっ」

友に腕を引っ張られ、エリオに手を振ってリュカは弾む足取りで部屋を出た。

大会の前日とあって、町の雰囲気はなんとなくいつもより浮き立っている。通り過ぎる人たちの話題はもっぱら、ブランとファントムどちらが優勝するかだ。

「もうっ、ここにもう一人すごい優勝候補がいるっていうのに、失礼しちゃうよっ」

マクシムがリュカに代わってプンプン怒ってくれる。

「アハハ、ありがと。でもホントに盛り上がってるね。さすがにちょっと緊張してきたよ」

「だーいじょうぶだったらっ。見に来られなくとも、我がタルーシュ村の全員が君を応援してるんだからさ」

村の人たちの笑顔を思い浮かべると肩に入っている力が抜ける。

「みんなリュカに触発されて、今花作りすごいがんばってるんだよ。君の肥料で土もよくなったし、僕もいろいろ大忙し」

「マクシムはお父上のお手伝い？　次期村長さんの修業だね」

友はちょっと眉を上げてから、やや渋い顔になる。

「まぁ僕もさぁ、可愛いお嫁さんって夢は捨ててないけどぉ、先生みたいないい男なかなかいないしね。村長の仕事はほら、僕にしかできないかなぁって」

「うん、君にしかできないよ」

頷きながら同意すると、マクシムは照れくさそうに肩をすくめた。

「だよね。リュカもがんばってるの見て、僕もやる気湧いてきたっていうのもあるし。とにかく、村のことは心配しないでよ」

バンと背を叩かれ「うんっ」と頷く。マクシムの肩の上で、レムもニコニコと頷いている。

「あのさ、リュカ」

やや真剣な表情になった友が、のぞきこむように顔を見つめてきた。

「もしも明日負けても、村には帰らないでしょ？」

「えっ……」

相手の顔を思わず見直す。その碧の瞳がどことなく寂しそうなのに気づき、胸がぎゅっと絞られる。彼はきっと、帰ってきてほしいと思ってくれているのだろう。

「戻らないんだよね？」

もう一度聞かれ、リュカは「うん」と頷いた。

「ごめんね、マクシム。おれ結果はどうなっても、エリオと一緒にいたいと思ってるんだ」

エリオ本人にはまだ伝えていなかったが、すでに心は決まっていた。

迷いのない返事に、友はパッと顔を輝かせた。

「だよね、よかった！　悩んでるようだったら、背中押そうと思ってたとこ。君って、村に恩返ししないととか、余計なこと考えちゃいそうだから」

「マクシム……」

「え、やだなぁ、何うるうるしてんの？　こっちまで湿っぽくなっちゃうじゃない」

困ったように笑ってリュカの肩を叩くマクシムも、瞳がちょっと潤んでいる。友は気を取り直したように、今度は意味深な笑いでリュカに視線を送ってきた。

「先生とうまくいってるんだー。一つの部屋で毎日一緒なんだから、そりゃー気持ちも高まっちゃうよね。で、さすがにもう結ばれた？」

こそっと聞かれ、うろたえたリュカは「ええ～っ？」と周りの人が振り向くくらいの声を上げてしまった。

「な、ないよ！　ないっ！」

「えっ、嘘でしょっ？」

今度はマクシムが驚く番だ。

「そもそも村にいたときから二人で暮らしてて、もう何ヶ月だよ？　先生ってそんなに甲斐性なしなわけ？」

「やっ、じゃなくて、エリオは大会が終わるまで、待ってくれてるんだよっ」

エリオに情けない男のイメージがついてしまったら申し訳ないと、リュカはあわてて弁解する。マクシムは呆れるというより、むしろ感心したように溜め息をついた。

「そうなんだ～。先生ってホンットに君のこと大事にしてるんだね」

も～やけちゃう、と肘でつつき、顔を近づけてくる。

「いい、リュカ？　その機会が来たら、逃しちゃ駄目だよ」

指を一本立てて、マクシム先生の講義が始まる。

「きき、機会……？」

「先生はきっと君のこと、なぁんにもわからない奥手だって幻想抱いて、手を出しかねてるんだから。いい雰囲気になったら、君からいかないと。抱いて～ってさ」

「ひぇっ」

抱いて～と自分自身を抱き締め甘い声を出す友に、リュカは目をパチクリさせる。助けを求め相棒を見るが、マクシムを真似して両前足を胸の前で組みニコニコしている。

「大会も大事だけどさ、そっちもがんばりなよっ」

正直そちらは花術よりも自信がないが、バシッと背に気合いを入れられ「う、うんっ」と背筋が伸びた。

大会が終わったら、勝っても負けてもエリオに返事をしようと決めている。そのとき『いい雰囲気』になるかどうかはわからないけれど、マクシムの言うように花術だけでなく、恋のほうもがんばってみたい。リュカは秘かに拳を握った。

「あ、公園ってあれでしょ？　結構人いるね～」

積もる話をしているうちに目的地に着いていたようだ。早く早くと腕を引っ張られ、中央広場に駆けこむ。予選の花の公開も明日までとあって、今日は一段と多くの人が訪れている。

「わぁ、花がいっぱい！　でもさ、ほかの村の代表のは僕の花に遠く及ばないね」

フフンと得意気に胸をそらしたマクシムの目が、向こう正面側に向く。

「えっ！　あれがブランとファントムの花っ？　すっごい綺麗！　ちょっとちょっと、真ん中のがリュカのっ？　うわ～、君らしい！　なんかなごむ～！」

興奮しながらマクシムはリュカの畑に駆け寄る。今日も大勢の人がリュカの区画で四つ葉を探してくれている。皆楽しそうで、リュカも自然に笑顔になる。

「ねぇ、噂聞いたよ。四つ葉を見つけると幸せになれるんでしょ？　僕も探してきていい？」

マクシムは無邪気に瞳を輝かせ、レムも「キュキュッ」と両前足を打ち合わせる。

「もちろんいいよ。ごめんね、なかなか見つからないみたいなんだけど」

「だから価値があるんじゃない。見てて、僕なら一発で見つけてみせるから。レム、行くよ！」

「キュッ！」

畑の縁にしゃがみこみ草をかき分けるマクシムとレムを見ながら、リュカはほっこりと微笑む。リュカの花の中に幸せを探す人たちから、むしろ自分のほうが幸せをもらっている気分だった。

「失礼します、リュカ・ミュレーさん？」

いきなり話しかけられ、ハッと振り向いた。担当係員の制服を着た男の人がにこやかに立っている。公園の係員の顔は大体覚えたつもりだったが、その人は初顔だった。

「よかった、お捜ししていました。実は決勝戦出場に必要な書類に書き漏れがありまして……お手数ですが管理室のほうで一ヶ所だけ署名をお願いしたいんです」

感じのいい係員は恐縮しきって、入口脇の管理室の小屋を示す。

「え、そうなんですか？」

大会出場の書類は、ここに下見に来たときにエリオがすべて見てくれたので、リュカは指定されたところに署名するだけですんだ。でも、書き忘れの署名一つのためにわざわざエリオを呼び出せないし、そもそも自分のことは自分でしなくちゃいけないよね、と思う。

「本当に、すぐすみますので」

申し訳なさそうに頭を下げられ、「わかりました」とリュカは頷いた。

マクシムを振り返る。社交的な彼は周りの人と楽しげにしゃべりながら、四つ葉探しに夢中になっている。

（ちょっとの間なら、大丈夫だよね……）

すぐ戻るから、と心で語りかけて、リュカは係員の後についていく。パタパタと羽ばたく音が近づき、レムがひょいと肩に乗ってきた。リュカが離れていくのに気づき、心配して追ってきたのだろう。

「レム？」

相棒の様子が少しおかしい。すぐ前を行く係員を、クリクリした目でじっとまじろぎもせず見つめている。

「リュカさん、こちらです」

人波を抜けた係員は、なぜか管理小屋の脇を通り過ぎていった。

「あ、あの、その小屋じゃないんですか？」

なんとなく嫌な予感がした。レムが翼を立てているのも緊張している証拠だ。

「この先なんですよ。すぐです」

男はあくまでもにこやかだ。

管理小屋を過ぎた先は森へと続く道になっていて、周囲に人の姿はない。

リュカは足を止めた。言いようのない不穏な感じが高まってくる。

「すみません、おれ、友だちと一緒なのでやっぱり……」

「いやいや、もうすぐですから」

レムが男に対してシャーッと威嚇するような声を発した。

「ごめんなさいっ」

不安が頂点に達し、リュカは身を翻す。チッという舌打ちとともに、後ろから荒々しく腕を掴まれた。恐怖と焦りでザッと鳥肌が立つ。

「は、離して……っ、誰か……っ!」

叫ぼうとした口を布のようなもので覆われた。木の陰に隠れていたのかもう二人、男が飛び出してきて、両脇からリュカを押さえつける。レムが鋭い声を上げ、男の一人に飛びかかった。

「うわっ、なんだこいつ! 離せっ!」

嚙みつかれた手を男が激しく振り回す。鈍い音とともに小さな体が地面に叩きつけられた。

(レム!)

リュカは必死で暴れるが、男三人に押さえつけられてはなす術がない。

（レム……レムッ！）

リュカの心の叫びが届いたのか、動かなかったレムがよろけながら起き上がった。そして
パサッと力なく羽ばたくと、上下しながら中央広場へと飛んでいく。

「おい、どうする？」

「放っておけ。それより人目につくとまずい。行くぞ」

ドン、とみぞおちに重たい衝撃を感じ、リュカの意識は急速に遠のいていった。

ガタンと激しい振動に体が弾み、リュカは目を覚ました。暗い。あたりが見えない。
（一体何が起こったの……？　とにかく、落ち着かなきゃ……）
集中力を高めるときの要領で深呼吸して鼓動を静め、体を起こそうとした。
「っ……」
手首と足首を縛られているようで、うまく身動きが取れない。
やっとのことで上半身を起こしながら、記憶をたどる。
確か担当係員の制服を着た男について行ったら、人気のないところで押さえつけられて
……。

（レム……ッ）

男に弾かれ地面に叩きつけられた後、弱々しく飛んでいった相棒の姿が脳裏によみがえり、胸が張り裂けそうになる。大ケガでもしていたらと心配でたまらず、涙がこみ上げてくるのを必死でこらえ、リュカは自分の状況を把握しようと努める。

口は猿轡をされているが、目隠しをされなかったのは幸いだった。暗がりに慣れてきた目で見回すと、立ち上がることができないくらいの狭い箱に入れられているようだ。箱はガタガタと揺れており、下から車輪の音がするのは、荷馬車か何かで運ばれているのか。

一体どこに連れていかれるのだろう。彼らは誰で、なんのために自分をさらったのか……。

リュカは不安に高鳴る胸を落ち着かせながら、逃げ場がないか箱の中をもう一度確認する。

空気抜きのためか、ところどころに小さな穴が空いている。そこからのぞいた外の景色は薄暮に包まれている。びっしりと木が茂っているところを見ると、どうやら森の中のようだ。少なくとも城下町ではない。

（町から、離れていってる……？）

背筋が冷たくなってくる。

今は何日の、何時頃だろう。意識を失っている間に、まさか大会は終わってしまったのか。自分はこれからどうなるのか。

（エリオ……）

お日様のような明るい笑顔が浮かび、胸が絞られるように苦しくなった。

大切な大会を前にして油断をしたばかりに、こんなことになってしまった。エリオもレムもマクシムも、どんなに心配しているだろう。

（エリオ……エリオッ！）

身をよじると、四つ葉の首飾りがシャラッと音を立てた。エリオとレムが見つけてくれた、幸運を封じこめたお守りを胸のあたりに感じ、不安の中にあっても力が湧いてくる。

リュカは外に目を凝らす。とにかくなんとか痕跡を残したい。エリオが追ってきてくれたとき、自分がこの道を通ったことがわかるように……。

リュカは精一杯集中すると、原っぱで三人で咲かせた課題の花をイメージし、魔力を外に向かって飛ばした。心が不安に支配されている今たいした花は咲かせられないだろうが、エリオが見ればリュカのものだとわかってくれるはずだ。

泣きたくなるのをこらえ、助けに来てくれるエリオを思い浮かべる。十年間もリュカを捜し続けて、ちゃんと見つけてくれた彼だ。今度だって、きっと来てくれる。

エリオと再会する前の、独りぼっちのときのリュカだったら、もうどうでもいいと思っただろう。どうせ独りで生きて死んでいく運命だったのだから、いっそ両親の待つ天国に旅立ってしまいたいと。

でも、今は違う。こんなふうに悪意のある人たちにさらわれて、エリオやカミーユ、レムやマクシムと別れてしまうのは嫌だ。

たくさんの人のおかげで、今のリュカは変われたのだ。だから絶対に、最後まで諦めない。

ガタンと大きな揺れが伝わり、荷馬車が止まった。誰かが近づいてくる気配がし、後ろ側の面が開かれる。公園でリュカを両側から押さえつけた、二人の男の顔がのぞいた。

「目、覚めてたか。ほら、降りるぞ」

手足を拘束されているリュカは抗う術もなく男たちに荷台から下ろされ、抱えられるようにして引かれていく。かろうじて一本道が通っているが、周囲は鬱蒼とした森だ。すぐ目の先には、農具などをしまっておけるくらいの小さな納屋のようなものが見える。

最初にリュカに声をかけてきた係員の制服の男が、納屋の扉を開けた。暗くて湿っぽいその中に、リュカは荷物のように押しこまれる。

「っ……！」

扉を閉められかけ必死で体を起こそうとするが、バランスを崩して転がってしまう。

「リュカ・ミュレー、大会が終わるまで、おまえにはここにいてもらう」

男が言った。ということは、今はまだ大会前夜なのか。

彼らの目的がわからず必死で困惑の目を向けるリュカに、男は続ける。

「黒の魔法使い、おまえの魂胆はわかっているぞ。大会で不吉な魔法を使って、国を混乱に陥れるつもりだろう。おまえの父親が城内に騒乱を巻き起こしたようにな」

呆気(あっけ)にとられ、リュカは違うと激しく首を振る。男の冷たげな表情は変わらない。

「私たちは黒の魔法使いから王室を守ろうとする者だ。今はもうその活動を続けているのも我々くらいになってしまったが、おまえが大会に出場するのだけは許すわけにはいかない」

まだ父や自分のことを、こんなふうに誤解している人たちがいたとは……。リュカはショックで全身の力が抜けていくのを感じた。

「心配するな、命までは奪わない。大会が無事に終わるのを見届けたあと、おまえを船に乗せて他国へ連れていく。父を殺され、王室と国に恨みを募らせているだろうおまえを、このまま国内に置いてはおけないからな」

扉はバタンと無情にも閉められた。男たちが何かを囁き交わす声が聞こえ、荷馬車が走り去っていく音がした。

静かになった。冷たく湿った地面に横たわるリュカの目から、こらえきれず涙がポロリとこぼれる。

(なんで、こんなことに……っ)

ほんの半日前までは幸せの絶頂だった。それが自分が警戒を怠ったせいで、今は絶望しながらどことも知れない納屋の固い地面に転がされている。時間を巻き戻してと願っても叶(かな)うはずもなく、後悔してもし切れない。

(エリオ、レム、カミーユ、マクシム、村のみんな……ごめん！　ごめんなさいっ！)

大切な人たち、優しくしてくれた人たち、リュカの花を喜んでくれた人たちの顔が次々と浮かび、涙は堰を切ったようにあふれ出した。

闇と静寂の中で独り泣き続け、どのくらい時間が経っただろう。さすがに涙も枯れ泣き疲れて、リュカは上体を起こした。

(エリオに、会いたい……)

日が昇り朝が来て大会が終わったら、リュカは船に乗せられ異国に送られてしまう。そうしたらもう二度と、エリオには会えなくなるだろう。

(もっと早く……返事しておけばよかった……)

——おまえが好きだよ、リュカ。どうしようもなく可愛いし、愛しく思ってる。

じっと見つめてきた青空色の瞳がよみがえり、恋しさで胸がいっぱいになる。

(おれも……エリオが好きだ。一緒にいたいよ、これからもずっと……)

大会が終わるまで待っていないで、言ってしまえばよかったのだ。大切な人に大事な言葉を伝えるのに、躊躇なんてしてはいけなかった。人生、どんなつらいことが突然起きるかわからない。父のことで、リュカはそれをよく知っていたはずなのに……。

(せめて、いつかエリオに届くように……)

想いをいっぱいこめた花を残していきたい。リュカがほかの国に連れていかれてしまったあとも、その花を彼が見つけてくれるように……。

リュカは必死で体を動かし、扉脇の足元の位置についた通気口まで這っていく。そこから外をのぞくと、月明かりに照らされた木々の間にほんの少し空間が見えた。

呼吸を整え、気持ちを集中させる。心全部でエリオを想う。彼に見てもらえる最後の花になるかもしれないと思うと、枯れたはずの涙がまたこみ上げてきたが、今は泣いてはいられない。

リュカを小突いては笑い、リュカが泣くとしょーがねーなと、乱暴にだけれど撫でてくれた少年のエリオ。大人になってからもしょっちゅう小突かれ、そのたびに変わらぬ笑顔を向けてくれていた。

自分が信じられないのなら俺を信じろと言って、いっぱい期待してくれた。居心地のいい場所を作ってくれて、いつも守ってくれていた。

そして、好きだと言ってくれた。一緒にいようと言ってくれた。

(エリオ……エリオ……ッ)

本当は、大会で咲かせて想いを伝えるつもりだった。でも、もうその機会はないかもしれない。だから今、ここで咲かせる。すべての力を使って、彼に想いを伝えるのだ。

エリオに会いたい、愛しいと思う気持ちがどんどん高まっていく。手をかざせない分、内側に溜まった魔力は地に沁みていき、そこから納屋の外へと伝って流れ出る。

(父上が母上に贈った……雨の花……)

イメージはすでに心の中にある。雨の花のように、可愛い花が丸く集まって……。リュカがいなくなっても、見つけたエリオがリュカの花とすぐにわかって微笑んでくれるような、そんな花を……！

接している地面から力が一度リュカに戻り、体をひと巡りしてまた外に流れていく。こんな感覚は初めてだ。自然の流れに身をまかせながら大地に注ぎこむようなつもりで、リュカは力を一気に放出した。

絶え間なく湧き上がるエリオへの想いが、力となり形を変えていく。ズン、と腹に響くような振動が伝わり、リュカに手応えを感じさせた。

（もっと……もっといっぱい、咲いて……。エリオに見つけてもらえるように……伝わるように……！）

すべての願いをこめありったけの力を注ぎこんで、リュカは脱力し意識を失った。

瞼の裏が明るくなってきて、リュカはハッと目を開けた。通気口から外を見るとやわらかな日が差し、木々が影を作っている。

（朝……それとも、もうお昼……？）

大会は午前中だ。すでに終わってしまったのだろうか。もしそうなら、彼らがまたやってくるはずだ。

リュカはぶるっと震え、重たい体を起こした。なんとかして逃げられないかと、差しこむ光で明るくなった納屋の中を見回すが、枯草が積み上げてあるだけで、手足の縛めを切る小さな刃すらない。焦りが募る。

「っ……っ」

近づいてくる微かな音に、リュカは耳をそばだてる。

これは、馬の蹄の音だ。男たちが戻ってきたに違いない。

このままただ泣きながら、諦めて他国に連れていかれるのは嫌だ。無駄かもしれないけれどとにかく彼らと話して、自分や父に対する誤解を解きたい。まずは、なんとか猿轡をはずしてもらわなくては……。

馬は納屋の前で止まり、人が下りる気配がした。しばしの静寂が流れる。下馬した人物はなぜかすぐに納屋の扉を開けようとはせず、その場に留まっているようだった。

リュカは息を詰め、枯草にもたれてその瞬間を待つ。胸元の幸運の首飾りに祈る。

（エリオ、レム……おれに勇気を……っ）

ものすごい勢いで扉が蹴破られ、リュカはビクリと体を震わせた。いきなり入りこんだ日の光に、眩しくて目が開けられない。視線の先にいる人物の姿は逆光になって見えない。

「リュカ！」

（えっ……？）

聞き覚えのある声が耳に飛びこんできて、リュカはあわてて目をこらした。

（エリオ……？）

夢を見ているのではないかと一瞬自分の正気を疑う。

「よかった、無事だったか！」

目の錯覚ではない。もう二度と会えないと思っていた人が、今リュカの目の前にいた。

エリオは苦しげに顔を歪めると、リュカに駆け寄り力いっぱい抱き締めた。慕わしいぬくもりに、ぶわっとあふれてきた涙が頰を伝う。

（エリオだ……エリオが、来てくれた……見つけてくれた……！）

「エリオ……おれ、ごめんなさい！」

猿轡を解かれ、まずこぼれたのがそのひと言だった。リュカは必死で訴える。

「おれ、公園で声かけられて……係の人だって思って、おれ……っ」

「わかってる、おまえは悪くない。謝らなきゃいけないのは俺のほうだ。大事なときに、おまえから離れるべきじゃなかった」

エリオは悔しげに言いながら、手足の縛めを解いてくれる。痺れた手首を優しくさすられ、ぬくもりが伝わりまた涙がこぼれ落ちる。

「マクシムとレムが知らせてくれて、すぐに捜したんだが見つけられなかったんだ。目の前が真っ暗になったよ」

「そうだ、レム……レムは無事っ？」

「ああ、ちょっと翼にケガをしたが無事だ。レムがたどってくれたんだぞ、おまえの痕跡を。森に少し入ったところで課題の花を見つけた。おまえの花が道案内してくれた」

荷馬車の中で不安と戦いながら咲かせた花が、エリオをここまで導いてくれたのだ。

「この付近で不審な動きをしていた連中を捕まえて締め上げたら、おまえを拉致したことを白状した。だから、もう大丈夫だ」

もう一度リュカをしっかりと抱き締めてから、エリオは涙で濡れた頬を両手で包んでくれる。

「おまえを捜してる間は生きた心地がしなかったぞ。もしもおまえに何かあったら、俺は一生自分を責め続けただろうな。怖かっただろう？　連中に何かされなかったか？」

いつも自信と余裕に満ちている彼のそれほどまでにつらそうな顔は初めてで、リュカの胸は引き絞られる。自分も不安だったが、きっとエリオも同じくらい心配してくれていたのだ。

もしかしたら二度と会えなかったかもしれない人に、再び会えた。だからもうこれ以上先延ばしにしたくない。大切な言葉をすぐに伝えたい。

「エリオ、おれ……あのときの返事、大会終わってからって思ってたけど、今言わせて。おれ、おれも……っ」

嗚咽をこらえながら必死で言い募るリュカの唇に、エリオの人差し指が当てられた。

「言わなくていい。おまえの気持ちはわかってる。や、ついさっきわかった」

微笑んだ彼の瞳が甘い熱を帯びる。

「えっ……」

「立てるか？」

エリオに支えられ、リュカはふらつく足で立ち上がる。納屋の外に出ると、眩しい日差しに一瞬目がくらんだ。

「あれは、おまえが咲かせたんだろう？　気持ちしっかり受け取ったぞ」

エリオが示す先に目を向け、リュカは「あっ……」と声を漏らした。

小さな白い花を枝先にいっぱいにつけた木の花が、目の前にあった。花が集まり球体を作った形は雨の花に似ているが、それよりも小ぶりで控えめだ。日を浴びてキラキラと輝く真っ白な小花はとても愛らしい。

それはきっと、リュカにしか咲かせられない花……大切な人への想いをつぎこんだ唯一無二の花だった。

「こ、これ……おれが……？」

リュカ自身もびっくりしていた。昨夜はただただ夢中だったが、まさか今の自分の力で本当に木の花を咲かせられるなんて思っていなかったから。

「これが、おまえの返事なんだろう？　おまえも俺が好きで、一緒にいたいと思ってくれてる。そうだな？」

改めて聞かれ、頬が火照るのを感じながらリュカは何度も頷いた。

本人を前にちゃんと気持ちを伝える機会がもう一度与えられて、本当によかった。そして
エリオが花を見ただけで、リュカの想いを受け取ってくれたことも嬉しかった。

「あのとき……エリオに最初に聞かれたときから、おれもそうしたいって思ってた。けどおれ、びっくりして、答えられなくて……。こんなふうにさらわれて、もう会えないかもと思って、すごく後悔した、言えなかったこと」

リュカはエリオの手を思い切って両手で取り、その澄んだ瞳を見上げる。

「だからせめて、花を残そうって思って……。おれがいなくなっても、エリオがこの花見れば、おれの気持ち……っ」

最後まで言い終わらないうちに背を抱かれた。切なげなエリオの顔が近づいてきて、唇を合わされる。

「っ……」

リュカはあわてて目を閉じた。心臓がものすごい勢いで高鳴り出す。

額や頬ではない。唇と唇の口づけ、これはもしかして恋人同士がするものではないだろうか。

エリオの唇はしっかりとリュカの震える唇をとらえ、啄(ついば)んだり吸い上げたりしてくる。舌先が口の中に入りこんできて、ビクリと肩が震えた。ひっこんでいる自分の舌にエリオの熱

い舌が優しく触れ、絡んでくる。

決して不快ではない、むしろ甘ったるくて心地よい感覚が全身に巡っていく。

「んっ……」

どうなってしまうのかわからず不安になり、喉の奥で呻き逃れようとするが、エリオは離してくれない。だんだんと頭が朦朧とし、倒れてしまうのではと心配になって両手を広い背中に回したとき……。

「ああっ、くそっ！　時間がないっ！」

エリオが荒っぽく言って、唐突にリュカから離れた。

「残念だが続きはあとだ。リュカおまえ、体は大丈夫か？　大会出られるか？」

ぼうっとしていたリュカはそのひと言でハッと我に返る。

「大会……えっ？　まだ終わってないの？」

「全速で突っ走れば間に合うかもしれない。いや、間に合わせる！　どうだ、いけそうか？」

「う、うんっ！」

反射的に頷いてから、喜びが遅れて湧き上がる。

まだ間に合う。カミーユとファントムと、会場で会えるのだ。

今の口づけと嬉しい知らせで、疲れ切っていた体に活力が満ちてくる。

「よしっ！」

エリオはニコッといつもの笑顔を見せ唇にもう一度軽いキスを落とすと、つないでいた馬に飛び乗りリュカに手を差し出した。

「乗れ！」

エリオの手を借りて後ろに乗り、腰に手を回す。

「あっ、どうしよう、荷物っ……上がらない飴がないとおれ……」

「手のひらに人って書いて飲みこんどけっ」

「あーっ、それと、色紙……っ」

「そんなものあとでいくらでも書いてやるっ！　飛ばすぞ、摑まってろよ！」

え、なんて？　と首を傾げる間もなく体が浮いた。

「うわーっ！」

翼が生えたかのように馬が駆け出して、リュカは歯を食いしばりエリオにしがみついた。


まるで宙を飛ぶように疾駆する馬上で必死にエリオの背に摑まっているうちに、無事闘技場に到着したようだ。

「着いたぞリュカ、大丈夫か？　降りられるか？」

「う、うんっ」

差し伸べられた両手を取って馬から降りると、グラッと体が傾いた。ひと晩中監禁されていたあとに乗り慣れない全速の馬に揺られたとあっては、体調は万全とは言いがたい。けれど今は、とにかく試合に出ることが先決だ。

エリオに手を引かれ関係者の入口から駆け入ると、「来たぞ！」「よかった〜！」と声が上がり、数人がバタバタと集まってきた。

「リュカー！　よかった！」

「キュ―――ッ！」

マクシムとレムが、涙で顔をびしょびしょにしながら飛びついてくる。

「ごめん！　ごめんね！　僕がついていながらこんなことに……っ」

「泣かないで、マクシムのせいじゃないよ。おれはこのとおり大丈夫だから」

しゃくりあげる友の背と相棒の頭を撫でてやる。レムは翼に大きな絆創膏を貼っているが、たいしたケガではないようで心から安堵する。

「それよりありがとう！　マクシムとレムのおかげで、おれ、早く見つけてもらえた。すごく感謝してるし、二人の顔見て安心した」

「もうっ、君ってばこんなことになったのにお礼なんて……相変わらずなんだからっ」

「リュカ・ミュレーさん、すぐに入場です！　こちらに！」

大会関係者の札をつけた王室の係官がはらはらしながらリュカを促す。

「は、はいっ！」

「待って！　リュカ、これ着て！」

マクシムが自分の着ていた上着を脱いで、リュカに着せかけてくれる。リュカの着ている服が、昨夜からの騒動で泥だらけになっているのに気づいてくれたのだろう。友の気遣いが胸に沁み、じわっと瞳が熱くなる。

「ありがと、マクシム！　レムのこと頼むね」

「まかせといて！　がんばれリュカ！」

「キュキュッ！」

笑顔に戻りぎゅっと拳を握るマクシムとレムに手を振り、係官についていきかけたリュカはハッと振り向いた。

「エリオ……」

「俺もここまでだ。一人で行けるな？」

体の中を冷たい風が吹き抜けていくような心細さを感じたが、リュカはしっかりと顔を上げ頷く。

エリオに見ていてほしい。彼の手助けがなくても、一人の花術師としてしっかり前を向いて歩いていける姿を。

リュカの決意を感じ取ったのだろう。エリオはニコッとお日様の笑顔で頷いてくれた。

「楽しんで咲かせてこい。おまえだけの花を」

「うんっ！」

村の選考会のときと同じ力強い言葉に背を押され、リュカは場内へと続く通路を踏みしめながら進んでいく。もう、振り返らない。

会場が近づくごとに、興奮に満ちたざわめきが地鳴りのように伝わってきて、リュカの身は引き締まる。

「登場はリュカさん、ブラン、ファントムの順です。司会者に名を呼ばれたら、このまままっすぐ場内に進んでください」

「は、はい」

ほかの二人は違う入口からの入場なのだろう。姿は見えない。

場内からあふれてくる期待に満ちた熱気が鼓動を速める。緊張とともに、逃げ出したくなるような不安が高まってくる。

リュカは深く息を吐き、四つ葉の首飾りを服の上からそっと押さえた。そこにエリオとレムも一緒にいてくれるような気がして、ふっと肩の力が抜けた。

（大丈夫……おれは、独りじゃない……！）

開会を宣言する司会者の声が驚くほどよく響いてくる。なんでも会場全体に声が通るように、本選では拡声の機能を持った魔法の花を使うらしいとエリオが言っていた。イネス・オーベルの作だというが、どうすればそんなものが作れるのかリュカには見当もつかない。

わーっ！　とものすごい歓声と拍手が上がり、リュカの肩はビクリと跳ね上がった。国王と審査員の二人が入場したようだ。地響きが起こりそうな王様コールが、リュカのいる通路の壁まで揺るがす。王の人気は本当にすごい。

『それではいよいよお待ちかね、この決勝戦を戦う主役、三人の花術師に登場してもらいましょう！』

ついに来た。心臓がドクンと大きく打ち、呼吸が浅くなってくる。

『まずは一人目、今は亡き癒しの花術師ジスラン・ミュレーの忘れ形見！　黒の魔法使い、リュカ・ミュレー！』

「どうぞ！」

係官にやや強く背を押され、ガチガチになっていたリュカはつんのめるように前に出る。

噂の黒の魔法使いはどんな不吉な人物かと興味津々の人も多いのだろう。拍手と歓声よりもざわつきが目立つ中に、リュカはひょたひょたしながら勢いでまろび出て、あろうことか足をもつれさせコテンと転んでしまった。

場内がシーンとなり、リュカは凍りつく。

やってしまった。王様や大勢の観客の前で、いきなりの大失態だ。

（ま、まさか、これで失格になったりしない、よね……？）

水を打ったようになった場内にクスクス笑いが漣のように広がり、やがて大きな笑い声になっていった。

――なんか可愛い！

――あれが不吉な黒の魔法使い？　ホントに？

――ずいぶんおっちょこちょいだな！

そんな声が届いてくる中リュカはあたふたと立ち上がり、あわてて周囲を見渡した。正面側の審査員席では王様とイネスが爆笑しているが、ギョームは苦虫を嚙みつぶしたような表情だ。その後ろあたりの最前列の客席には、そろって額に手を当てガクッとうなだれたマクシムとレムが見える。周りにいる村の若者たちも、やってくれたよ、という苦笑だ。

エリオは、いない。きっとどこかで見ながら、リュカらしいドジに腹を抱えて笑っているに違いない。

「ごご、ごめんなさいっ！」

ペコペコと四方におじぎをしさらに笑いをもらってから、リュカはどぎまぎしつつ円形の一段高くなった台の上に上がった。

不幸中の幸いというか、思わぬアクシデントで緊張がどこかに飛んでいってしまったようだ。気持ちはすっかり落ち着いている。

『それでは次なる出場者です！　国王陛下に我が国の至宝と言わしめた、稀代の天才花術師ブラ〜ン！』

司会者が声を張り上げると、リュカの出てきたのとちょうど反対側の入場口から、純白のローブ姿のカミーユが現れた。優雅に両手を広げるその姿は神々しい聖者のようで、大歓声と拍手、女性たちの黄色い声に迎えられる。

原っぱで遊んだときとは別人のような毅然とした姿にぼうっと見惚れていたら、思い切り目が合ってしまった。こらえきれないように噴き出されて、顔から火が出そうになる。そういえば昔もリュカはよく転んで、二人に助け起こされていたものだ。

カミーユが台に立つと、効果を狙うように一拍置き咳払いをした司会者が、手にした拡声の花を握り直した。

『さぁ、お待たせいたしました！　全国各地に斬新で独創的な花を残し続けてきた神出鬼没の覆面花術師が、ついに皆様の前にその姿を現します！』

会場中に張り詰めた空気が流れる。おそらくこの場にいる全員が、今これからの瞬間をもっとも楽しみにしていたのではないだろうか。もちろん、リュカもその一人だ。

『それでは入場していただきましょう！　謎の天才花術師、ファ〜ントム〜ッ！』

小石が落ちても響きそうな静けさの中、リュカの左の方角、審査員席の正面に当たる入場口から、金糸の刺繡を施された真っ赤なローブを身に着けた長身が姿を現す。満場の観客に動じるふうもなく、噂の天才花術師はニッと不敵に笑い、煽るように右拳を振り上げた。

観客がわっと歓声を上げる。全身から漂うオーラ、カリスマ的な存在感にはすごい圧がある。派手好みの若い女の子でも、一線を退いた旅好きなおじいちゃん魔法使いでもなかった。マスカレードマスクで目元を隠しているが、ファントムは目の覚めるような金髪の、背の高い若い男性のようだ。

ファントムの正体が見た目のよい魅力的な若者だったとあって、会場の熱気はさらに高まっている。だが、リュカはそれどころではなかった。

（えっ……えっ？　ちょっと待って……！）

目を凝らす。日の光を浴びて輝く金の髪。拳を振り上げたときのちょっと偉そうな仕草や不敵な微笑み。光の申し子のような堂々とした佇（たたず）まい。

（エリオ……エリオッ？）

ファントム？　違う。あそこにいるのはエリオだ。リュカの大好きな、大切なたった一人の人だ。見間違えるわけがない。

呆然と夢心地になりながら、リュカは係官に促され、審査員席の隣に用意された出場者の席へと進む。カミーユとファントムも、それぞれの場所から移動してくる。

「リュカ、驚いてるね。彼に口止めされてたから僕も言えなかったんだ。ごめんね」

先に合流したカミーユに優しく肩を叩かれ、ハッと我に返った。

「待って……ホントに……ホントにエリオなの？」

近づいてきた男の、仮面からのぞく瞳を見上げる。青空のようなブルー。雲の上の存在のはずの憧れの花術師が、リュカのよく知っている苦笑を見せた。

「ああ、俺だよ」

「ずっと、隠してた……？」

「照れくさくて言えなかったんだ。ごめんな」

本当に照れくさそうに肩をすくめられ、じんわりと瞳が潤んでくる。

その正体を隠されていたことには、怒りも悲しみもまったくない。リュカはただ嬉しかった。花術にはもう興味を失ったのかと思っていたエリオが、本当はずっと花を咲かせ続けていたことを知って。

「嘘つきだ。エリオもずっと、咲かせてたくせにっ」

「悪かった。花術はあんまり、なんてのは確かに嘘だったな。おまえの成長を見ながら、実は秘かに燃えてたよ。勝負してみたいってな」

ニヤッと笑った彼は師匠でも恋人でもない、ライバルの顔をしていた。

「全力で来いよリュカ。俺も手加減しない」

真剣な目を向けられ、内側から力がみなぎってくるのを感じる。

「うんっ！　おれ、負けない！」

リュカはしっかりと頷いた。

これまでエリオにもらってきたたくさんの恩、それを今返すときが来た。見てもらう。彼のおかげで、自分がどれほど成長したのかを……。

「こらこら君たち、ここにも強力なライバルがいることを、忘れないようにね」

二人の肩に手を置き、カミーユが嬉しそうに笑う。

「昔原っぱで遊んでいたときからこんな日が来るといいなと思っていたけれど、本当に来るとは嬉しいね」

「目一杯楽しんでこうぜ。あの頃みたいにな」

「うんっ！」

二人のお兄ちゃんをひたすら眩しく見上げていただけの、あの原っぱでの日々。当時のいじけてばかりいた自分に教えてやりたい。将来君は、お兄ちゃんたちと試合ができるくらいまで成長するんだよ、と。

全力を尽くそう、とリュカは拳を硬く握る。不安も緊張ももうない。早く咲かせたい。見たいし、見てほしい。そんな熱い思いがリュカの胸を突き上げていた。

三人は善戦を約束し合い、観客の拍手を受けながらそれぞれの席に戻る。微笑ましい表情で三人の交流を見守っていた司会者が、再び客席に向き直り声を張り上げる。

『それではここで、いよいよ勝負の場をお披露目させていただきましょう！　お願いします！』

その声を合図に、闘技場の中央大半部分を覆っていた布が、一瞬のうちに取り払われた。おおっと観客席から声が上がる。リュカも目を瞠った。

布は地面を乾燥させないためにかぶせられているもので、その下には三つの区画に仕切られた普通の四角い畑があるのだろう思っていたが、違った。闘技場をいっぱいに使って、三重の円が描かれていたのだ。

一番内側の円、その周囲の中円、外側の円――それぞれの区画をくじで割り当て、三人の花術師が順番に花を咲かせる。それが決勝戦のために用意された舞台だった。

(円……)

丸い畑に咲かせるのは初めてだ。一体どの円が有利なのだろう。

内側の円は咲かせる面積はそれほどでもないが、周円の花のインパクトに食われてしまうかもしれない。中の円は内外に挟まれている関係で、やはり埋もれてしまいそうだ。かといって外側の円も相当きつい。咲かせる範囲が一番広いので魔力を使うし、内と中の円の引き立て役の、ただの背景になってしまう可能性がある。

両隣のエリオとカミーユを窺(うかが)った。二人とも欠片も動じた様子はなく、平然としている。どこが当たっても同じという顔だ。

そうだ、どの円にだってメリットもデメリットもある。前向きに考えないと、と思いつつ、できれば先攻の内円に当たりますように、と秘かに祈りながら、リュカは差し出されたくじをえいっと引いた。

「あ……」

『リュカ・ミュレーは外円！　外円です！　順番は最後になります！』

がっくりと肩が落ちた。くじ運のなさはもはや折り紙つきだ。

内円を引き当てたエリオが噴き出しそうになりながら、交換してやろうか、とジェスチャーで言ってくるのに、むうっとしながらぶんぶんと首を振る。逆隣りで中円を引いたカミーユがクスクスと笑っている。

二人とも緊張感がなさすぎる。本当に原っぱでの遊びの延長気分でいるのでは、と心配になってくるほどだ。

だが、その心配は杞憂だった。

「さぁてそれじゃ、俺からだな！」

そう言って颯爽と席を立ったエリオの全身からは、すでにあふれ出す魔力が立ち上っている。周辺まで熱気が届いてきそうだ。

金色のマスカレードマスクが見るからに神秘的で妖しい雰囲気を醸し出すファントムが、悠然と内円の前に進み出ると、湧き立っていた観衆が一斉に静まった。

当然のことながら、ファントムが実際に花を咲かせるところを見た者は誰もいないだろう。表舞台に自ら姿を現した覆面花術師がどんなふうに、どんな花を見せてくれるのか、皆固唾を呑んで見守る。

そしてリュカも、師匠であるエリオの本格的な花術を見るのは初めてだ。一瞬たりとも見逃すまいと集中し、身を乗り出す。

大勢の観客が物音一つ立てずに見守る中、リン、とカウント開始の鈴が鳴り響いた。

しかし、時間を計る必要はなかったかもしれない。それは本当に一瞬だった。

ファントムは、魔力を溜める素振りすら一切見せなかった。ただ、円の上を撫でるように右腕を大きく流しただけだった。

「っ……！」

リュカは声を上げそうになり、あわてて口を覆う。

ザッと音を立て熱風のようなものが一陣過ぎていったあとに、何もなかった地面にいきなり花が現れたのだ。まるで最初からそこにあったものが、突然見えるようになったかのごとくに。

（嘘っ、早すぎる……！）

何が起こったのかわからず呆然としていた人々の間から驚嘆の声が漏れ始め、それはすぐに感嘆に変わる。

大きな花だ。リュカの顔より大きいかもしれない。そして、背が高い。前に立つエリオの頭を超す丈の太い茎の上に、中央部分が茶色い円になったあざやかな黄色い花が、八重の花びらをパッと広げている。その迫力のある花が中央の円の中にびっしり咲いている図はまさに壮観だ。

（お日様みたいな花……！）

そう、まさに太陽の花と呼ぶのがふさわしいそのダイナミックな花は、中天に輝く日のほうに自ら顔を向けているかのようだ。真っ青な空と黄色のコントラストはあまりにも美しく、ポカンと口を開けていた観客たちからも絶賛の声が上がり始める。

場内を埋めていくファントムコール。応えてエリオが手を上げると、耳をつんざくような歓声が響き渡った。

（やっぱりファントムは……エリオはすごい！）

感動に胸を震わせながら、リュカはとっさにカミーユを見た。いつもと同じだ。静かな微笑みを浮かべ、動揺する気配などわずかにもない。

審査員席を見る。イネスもギョームも感嘆どころか、このくらいは当然だろうという顔だ。美しい花を見慣れている王も、驚くというよりは満足げに頷きながら優雅に拍手を送っている。この決勝戦に求められるレベルの高さを改めて感じ、リュカの鼓動は高鳴ってくる。

「相変わらず派手なのが好きだね。しかし君が晴れの舞台で、一色使いでくるとは思わなかった」

席に戻ってきたエリオにカミーユが話しかける。その口調には焦りも悔しさもまったくない。

「おまえのお株を奪って悪かったな」

「僕の持ち色は白しかないと思ってる？　いい機会だから、ほかの色も見せてあげるよ」

「へぇ、お手並み拝見」

優雅な中にも自信満々の笑みを残し、司会者に名を呼ばれたカミーユが中円の前に進み出た。立ち上がっていた観客たちは次なる期待に胸を躍らせ、口を閉ざし席に着く。

内円があれだけ華やかで目を引く花なのだ。それを上回るインパクトのあるものを、というのは相当に難しいだろう。カミーユは全然動じていないが自分だったらどうだっただろうと、リュカはわずかに身震いする。

そして気づく。この試合は、後攻のほうがやはり不利だ。皆目が肥えてくるし、観客の期待度が高まるほどプレッシャーの圧も上がり、術師の集中力が削がれるからだ。

ふいに湧き上がってきた今すぐ逃げ出したいという衝動を、リュカはすぐに追い払う。カミーユの花が見たい。そして、二人にも自分の花を見てほしい。その強い思いがリュカをこの場に留める。

（おれ、逃げないよ）

エリオを見た。仮面の下の目がリュカに向けられ優しく細められる。それだけで不思議なくらい震えが治まった。

再び訪れた静謐の中、開始の鈴が鳴った。

王室専属の誇り高き花術師は顔の前で十字を切り、両手を胸に当てて目を閉じる。彼の存在自体が清らかな花のようで、観客は皆その美しさに陶然と見入る。

細く白い手がおもむろに、神のお告げを受けるかのように広げられた。それと同時にカミーユの足元から茶色の細い幹と枝がするすると伸び、次第に中円上に広がっていく。

（木の花だ……！）

王室に飾られる切り花だけでなく、王宮内の庭の花も監修しているというブランだ。確かに木の花も得意としているに違いない。

ファントムほどの早さはないが枝は見る見るうちに緑の葉をつけ、ふっくらとした大きなつぼみが開き始める。

おおっ、と観衆が湧き立った。リュカも腰を浮かせる。

徐々に開いていくその白い花の形状の、なんと美しいことか。厚みのある花びら一枚一枚を内側から丁寧にくるみ、重ねていったような花が咲いていくごとに、会場のそこここから感嘆の声が漏れ始める。

中心は混んでいるが外側にいくにつれてふわっと開いたその華やかな形は、見る者を魅了する優雅さだ。そして、驚くべきはその色だった。

上段のほうの客がざわざわと騒ぎ始め、皆立ち上がって中円全体を見ようとし出す。リュカも立って、精一杯背伸びをした。

（綺麗な、紫……！）

その花はブランの得意とする、汚れなく純粋な白一色だけではなかった。向こう正面側にいくにしたがって徐々に紫色が濃くなりまた白に戻ってくるという、華麗なグラデーションを描いているのだ。

紫は王室の色とされている。畏れ多いという意味でもその色を使う花術師はいなかったが、ブランは見事にやってのけた。

会場中が再び絶賛の嵐に包まれる。リュカも手が痛くなるほど拍手を送っていた。

エリオを見る。やるな、という微笑で手を叩いているが、余裕が見える。

審査員席はファントムのときの反応と同じだ。目の肥えた彼らは一体どんな評価をつけるのだろう。リュカの目から見たら二人の花はどちらも素晴らしく、甲乙つけがたい。

――十分素晴らしいものを見せてもらった。優勝は二人のどちらかで決定だろう。

きっとこの場にいるほとんど全員が、そう思っているだろう。最後の地味な黒の魔法使いに求められているのは、内円と中円の花を引き立てる上質な背景を作ること。

けれど、リュカにそのつもりはなかった。

『さていよいよ大会もフィナーレです！　外円、リュカ・ミュレー前へ！』

名を呼ばれた。リュカは「はいっ」と返事をする。

（行こう！）

カミーユを見た。リュカの花に丁寧に助言してくれていた子どものときと同じ、優しい微笑みを向けてくれている。

観客席の最前列を見た。村の若者たちは皆手を大きく振りながら、心配そうにリュカを見守っている。マクシムとレムは祈るように両手を胸の前で組んでいる。

そして、エリオを見た。

——がんばれ、いけるぞ。

小さく拳を握り、笑顔で背を押してくれる。彼は今このときも、リュカを信じてくれているのだ。

服の上から幸運の首飾りに手を当てしっかりと頷き、審査員席にペコリとおじぎをして、リュカは前に進み出る。

外円の前に立った。広い。向こう側は二人の花に遮られ、まったく見えない。これだけ広い場所に咲かせるのはもちろん初めてだ。

(でも、大丈夫。怖くない)

不思議なくらい落ち着いている。いや、むしろ燃え立つものを感じている。ファントムとカミーユの桁違いの花術を目の当たりにして、自分も咲かせたい、やってみたいという強い欲求が湧き起こっている。

会場はまだざわついている。ファントムとブラン、どちらの花が優れているかで盛り上がっている。最後の出場者のことは目にも入っていないようだ。

興奮覚めやらぬざわめきの中、リン、と開始の合図が鳴った。

リュカはふうっと息を吐き、目を閉じる。

――ブランの花術のスピードは相当なもんだが、見ても焦るなよ。

エリオの声がよみがえる。

――ギリギリまで溜めろ。いっぱいにしてから一気に放て。おまえはそのほうがいい。

(エリオは、カミーユより早かったね)

口元が我知らず微笑んだ。

(この試合が終わったら、素早く咲かせる術も教えてね)

たくさんのことを彼に教わった。たくさんの大切なものを彼にもらった。これからもずっと教わり、もらっていきたい。そして、リュカも返していきたい。

(エリオ、見ていて……)

昨日までは、エリオへの恋心をいっぱいにこめた花を咲かせたいと思っていた。でももうすでに、想いは伝えられた。

だから今は、もう一歩進みたい。これから先のことを考えたい。彼が見ているのと同じ方向を見ながら、彼を支え、隣に並んでずっと歩いていきたい。

――すべての国民が笑って生きられるような国にしたい。おまえの花はそれを実現する力がある。

——証明してみせてやれ、リュカ。

まっすぐな目をして、理想の国を語っていたエリオ。笑顔にあふれ、皆が幸せでいられる国……。

リュカも同じ気持ちだ。そんな国になったらいい。そのために、役に立てたらいい。

時間が過ぎていくごとに広がっていく、観客の心配そうな声が微かに聞こえてくる。大丈夫、咲かせるよ、もうすぐだからそこで見ていて、とリュカはその一人一人に心で語りかける。

焦りの欠片もない澄み渡った心に、父の優しい笑顔が浮かぶ。

——花で人を笑顔にできたら嬉しいね。

——悲しいときも怒っているときも、花を見れば皆気持ちが安らぐ。花は本当に素晴らしい。

(父上……おれが、跡を継ぐよ)

大地から足を伝ってどんどん力が吸い上げられてくる。エリオを想って木の花を咲かせたときと同じ感覚、いや、それよりももっと重く、強い気がリュカの全身を満たしていく。

(父上のような、ううん、父上を超える花術師になって、たくさんの人を笑顔にする。おれの花を見てくれた人みんなが、悲しいことを忘れてくれるように……)

次第に内に溜まってくる気がついに指先からあふれ出し、リュカは初めて、厳かなほどゆっくりと、両手をかざした。

流れ出す力を止められない。体の中が空っぽになる前に、大地の力が次から次へと取りこまれていく。

頭に浮かぶのは大勢の笑顔。数えきれない人が、リュカの花を見て笑っている光景。リュカの見たい景色。

できるだけ大きくて、できるだけ広い範囲で……そう、もっと高いところから、皆を包みこみ、その下で憩わせるような、そんな花。

人々はリュカの花の下で大事な人と集い、笑い合う。悲しかった人も、つらかった人も、苦しかった人も、花にもらった力で少しの間だけそれを忘れられる。

そんな花を……癒しの花を……!

ドンッと重たい地響きが闘技場全体を揺るがした。大地が大きく振動したような衝撃に、観客席から悲鳴が上がる。

——えっ！　揺れたっ？

——何あれ……木っ？

——でかいぞ……っ！

声は届いてくる。でもリュカの集中力は途切れない。

(見てほしい、おれの花を……)

一人でも多くの人を包めるように。もっと大きく、もっと遠くまで。

もっともっと、たくさんの花を、いっぱいに咲かせて……！

（あなたに、笑顔になってほしいから……どうか、どうか……）

受け取って！　と、強く願い、リュカは残っていた力を一気に放出した。

ザッという つぼみが開く音とともに疾風が外円を駆け抜け、客席から一斉に驚嘆の叫びが上がる。

そして、ふいに静かになった。

全力を使い果たし、リュカはがっくりとその場に膝をつく。

（え……もしかして、失敗した……？）

前を見るのが怖くて、まず後ろを振り向いた。

エリオとカミーユが立ち上がっている。二人ともリュカではなく、呆然とした表情で外円のほうを見ている。

これまでみじんも動じず落ち着き払っていた審査員の三人も、なんと席を立っている。王とイネスは目を見開き、いつも皮肉っぽい笑みを浮かべているギョームまでもが唖然と口を開けている。

客席を見る。マクシムもレムも、村の若者たちも、その周囲の人たちも皆、完全に固まり凍りついているように見える。

（ど、どうしよう……！）

やってしまった。見たかったのは皆の笑顔なのに、笑っている人なんか一人もいない。

リュカは涙目になりながら、自分のもたらした結果に立ち向かうべく、恐る恐る顔を前に戻した。そして、信じがたい光景に自身も瞬時に固まった。

「えっ……！」

外円に沿って、ぐるりと高木が取り巻いている。見上げるような高い木々だ。太くしっかりした幹から無数の枝が伸び、その枝いっぱいに小さな薄紅色の花が咲いていた。

花自体は五枚の花びらが一重についた小ぶりでシンプルなものだが、それが桃色の雲のように場内を覆っている様は息を呑むほど美しい。上段の席ではリュカの花に遮られて、全体が見渡せなくなっているのではないか。それほど木は大きい。

（えっ……？　こ、これ、おれが咲かせたの……？）

信じられなかった。うまく力を放出できた実感はあったが、まさかこんな高木花を咲かせられるとは。それも一本ではなく何本も。

爽やかなそよ風が吹いて花びらを舞わせると、観客は皆、それこそ魔法が解けたように瞬(まばた)きした。

「なんと素晴らしい！」

審査員席から深みのある感嘆の声が高らかに響き、静寂を破った。王が大きく両手を叩いている。

「このような花は初めて見たぞ！　言葉にはできない美しさだ！　見事としか言いようがない！」

　わぁっ！　と賛同の声が一斉に上がり、歓声と拍手が渦を巻き始める。呆然と固まっていた人々の間に、笑顔が広がっていく。

（みんな、笑ってる……笑ってくれてる！）

　最初リュカのことをうさんくさそうに見ていた人たちも、今はリュカの花を見て瞳を輝かせている。リュカに拍手を送ってくれている。マクシムは号泣し、村の仲間たちは大いにはしゃぎ、肩を叩き合っている。

　パタパタと羽ばたく音が近づいてきて、肩にふわっと相棒が舞い降りた。

「レムッ！」

「キュウウウ！」

　興奮しているレムに満面の笑みで頬ずりされ、これは嬉しい現実なんだという実感がじわじわと湧いてくる。

「リュカ、ほら立てよ！」

「よくがんばったね！」

　エリオとカミーユに両側から支えられ、リュカはやっと立ち上がった。二人とも笑顔だ。

「エリオ、カミーユ……お、おれ……」

「ああ、よくやった。すごかったぞ。見ろよ、みんな大喜びだ」

「癒しの花術師ここに再来だね。今後君は、僕らの最強のライバルになりそうだな」

二人に声をかけてもらってやっと、やり遂げたんだという達成感が全身を満たした。こみ上げる涙をこらえ、リュカは何度も頷く。肩を叩き合う三人に割れんばかりの拍手が送られる。

（父上……おれ、たくさんの人を笑顔にできました……！）

可愛らしいピンク色の花の間からのぞく青空を見上げた。キラキラと光る日差しが、今日は特に眩しい。父も母も、空の上で喜んでくれているのかもしれない。

『ご来場の皆さん！　場内に下りないでください！　席にお戻りください！』

司会者の叫びに何事かと見れば、興奮した人たちがリュカの木の下に飛び降りていた。下から花を見上げ、花びらを浴びて感嘆の声を上げている。

嬉しい。思い描いたのはまさにこんな光景だったから。

しかし、大会はまだ終わっていない。警備兵に追い払われた人たちがおとなしく席に戻ると、祭典のクライマックスに移るべく司会者が咳払いをした。

『では、審査員の皆様は早速審査に……え、もう決まったと？　そ、それでは、フェルディアン国王四世陛下から、優勝者の発表をお願いいたします！』

王が立ち上がり、リュカたち三人も所定の位置に戻る。場内が期待に満ちた静けさに包まれる。

リュカは落ち着いていた。今は心地よい満足感だけが全身を満たしている。

全力を出し切って理想以上の花を咲かせられた。素晴らしいライバルたちと競い合え、皆に喜んでもらえた。それだけで十分嬉しかったから、結果はどうなろうが悔いはない。

「この審査結果には、ここにいるすべての者が賛同してくれることだろう。花とは本来どんなものであるのか、私も改めて気づかせてもらった思いだ。では、早速発表するとしよう。優勝者は……リュカ・ミュレー！」

これまでで一番の歓声が湧き起こった。観客席はもう大変な騒ぎだ。疑問を呈する声や、抗議の声はまったく聞こえてこない。

「ほら、ぼうっとするな」

「早く、陛下の前に」

両側から二人に背を押され、リュカはふわふわした足取りで王の前に進み出る。レムも肩の上でビシッと畏(かしこ)まる。不吉とされている黒の魔法使いである自分が、今こんな晴れがましい舞台で王様の前にいるということが信じられない。

国王は堂々とした偉丈夫で威厳と気品にあふれていたが、とても優しい瞳をした人だった。ドキドキと胸を高鳴らせながらお言葉を待っていると、王はしばし無言でリュカの目をじっと見つめてきた。どこか懐かしげで悲しそうな眼差しに、リュカの胸はぎゅっと引き絞られる。

「リュカ・ミュレー、そなたと母上にはずっと詫(わ)びたかった。そなたの父が非業の死を遂げたのは私の責任だ。父上を守れなかったことを、どうか許してほしい」

王に頭を下げられ、リュカはあわてる。

「そそ、そんな！　へ、陛下、畏れ多いことです！　あ、あの、父は誰も、きっと誰のことも、恨んだりしていなかったと思います。そういう人、だったので……」

すっかり恐縮し硬くなりながら、リュカは一生懸命言葉を紡ぐ。おそらく父のことでずっと苦しんでくれていたのだろう王に、父の思いを伝えたかった。

「陛下にも、あの、笑っていてほしいと、父はきっと思ってます。そのために……皆さんが笑顔になるように花を咲かせなさいって、おれ、いつも言われてましたから……」

ほんの子どもの頃に城を出て、きちんとした礼儀もなっていないリュカのたどたどしい言葉をじっと聞いていた王は、深く頷いて優しく微笑んだ。

「そうか。父の思いがそなたに受け継がれて、これほど素晴らしい花を咲かせたのだな。ありがとう、リュカ。そして、おめでとう！」

花の形のトロフィーが王から手渡され、場内は割れんばかりの大拍手に包まれる。

王の隣から、イネスがリュカに握手を求めてきた。

「リュカ、あなたの花とてもよかった。大勢の人に癒しをもたらしたわ。あなたはきっと、お父様を超える花術師になれるわよ」

「あ、ありがとうございます、イネスさん！」

「でもあれね、ちょっと力を溜めるのに時間がかかりすぎるわね。私のような年寄りは、待ちくたびれて寝てしまいそうになったわよ。まだまだ修業が必要ね」

絵本に出てくる悪い魔女みたいなイネスのウインクは少し怖い。リュカは「は、はいっ」と首をすくめた。

逆鱗りからギョームも手を差し出してくるが、批評は辛らつだ。

「リュカ・ミュレー、君の花はどうもこぢんまりしすぎてる。一輪の切り花でも高値がつくようでなければ、他国に売れないだろう。これからは国益のことも考えてほしいね」

「は、はいっ」

「だがまぁ、あの花は悪くない。私の屋敷の庭にもぜひ一本ほしいくらいだ」

相変わらず皮肉っぽい笑みを浮かべていたが本気で言ってくれているのがわかり、嬉しさがこみ上げる。

「ギョームさん……ありがとうございます！」

王がカミーユとエリオを呼び寄せ、三人を並ばせた。

「リュカ！　ブラン！　ファントム！　この三名の花術師は、これからの国を背負っていく宝である！　今大会を記念してこの闘技場を花の公園とし、三名の花を永遠に保存して国民全員に開放することとする！」

王の宣言に盛り上がりが最高潮に達した。観客全員が立ち上がり、三人に惜しみない拍手を送ってくれる。勝利を祝うようにリュカの木から花びらが舞って、会場中に降り注ぐ。

皆が笑っている。リュカの勝利を讃えてくれている。もう誰一人、冷ややかな目を向けてくる人はいない。

(父上、母上……おれ、もう大丈夫。笑顔で生きていけるよ)

もう一度青空を仰ぎ報告し、リュカは隣のエリオを見た。いつものようにニコッと笑ってくれたエリオは、そっとリュカの手を握ってくる。ぎゅっと強く握り返した。

この人と一緒に生きていく。いっぱい笑っていっぱい咲かせて、たくさんの人を笑顔にしながら、この手を離さずに歩いていく。

伝わるぬくもりが胸に沁み、思わずこぼれてしまった涙をニッコリ笑顔のレムが小さな前足で拭ってくれた。


大会が終わってからも休む間もなく、目が回るほどあわただしかった。

まず三人そろって王宮での祝いのお茶会に呼ばれ、そこでリュカは重臣たちに引き合わされた。王の心遣いによる労をねぎらい休息してもらう、という趣旨の会だったのだが、偉い人たちに次々と挨拶されてリュカは緊張しっぱなしだった。同時に、これから自分は王室の花術師として働くのだという自覚に、背筋が伸びる思いもした。

幸いお茶会は短時間で終了し、その後はマクシムや村の仲間たち、ほかの村の代表者たちと合流して、町で一番広い酒場を借り切っての祝いの会兼交流会へとなだれこんだ。この会からはファントムではなくエリオが参加、驚くべきことにカミーユも参加して、飲んで食べてしゃべりまくっての楽しい会となった。

それが夜も更けるまで続き、意外にも意気投合したカミーユとマクシムを中心に、村の仲間たちは盛り上がった勢いのまま二次会へ。リュカとエリオも誘われたのだが、疲れたのでまた今度と断って帰ったのだ。

宿に戻ったのは日付も変わる時刻だった。

「あ〜っ、やっと二人きりになれたな」

部屋に入り、持ち帰ったトロフィーや祝いの品をテーブルの上に飾り終えるなり、エリオに後ろから抱きつかれ、もたれかかられた。

「わわっ、エリオッ」

その体重を支えきれず、二人してばったりと寝台に倒れこんでしまう。精も根も尽き果て空っぽになっているはずなのに、なぜか頭は冴えている。

「こいつめっ、ホントにやりやがった！　おめでとうな！」

改めて祝われ、こしょこしょと体中をくすぐられて、リュカは声を立てて笑いながらベッドの上を転げ回った。一緒になってきゃっきゃとはしゃいでいたレムはだんだんと眠くなってきたのか、ふわふわと自分の寝床に戻っていき、そのままパタンと寝入ってしまう。

お茶会ではもちろんのこと、交流会でもあまりにも大勢の人に囲まれていて、二人だけで話す機会はまったくなかった。そもそも昨日からとんでもない事件に巻きこまれそのまま会場に直行だったので、こうして二人になれるのがリュカも本当に待ち遠しかったのだ。

ひとしきりじゃれ合ってから、二人してほっと息をつく。話したいことがたくさんある。

「いや～、しかしあのお茶会にはまいったな。陛下の心遣いっていうけど、俺はどうもああいうのが苦手で」

あれはいらなかった、と不敬なことをずばっと言ってしまうエリオに、リュカは思わず噴き出す。本当のところはリュカも同感だ。

「偉い人たちのお顔とお名前、おれ全然覚えられなかったよ。どうしよう」

「大丈夫だよ、そのうち嫌でも覚えるから。今の重臣たちは信用できる立派な人たちばかりだ。みんな、おまえの花にいたく感動してたな」

「うん、感謝だね」

重臣たち全員が王と同じように、リュカの黒い目から視線をそらさず温かい祝いの言葉をかけてくれた。嬉しかった。

「あ、そうだそうだ、ほらこれ」

思い出したように差し出されたのは色紙だ。『リュカ・ミュレーさんへ。』という宛て書きの下にはかっこいい崩し字でファントムの署名、そしてお世辞にも上手とはいえない花の絵まで描いてある。今日彼が咲かせた『お日様の花』の絵だ。よく言えば味のある絵にリュカが思わず笑ってしまうと、「何がおかしいんだよ」と髪をこしゃこしゃにされた。

「エヘへ、ありがとね、大事にする。今日のファントムのお花、すごく綺麗だったよ」

「おまえには負けたけどな」

「カミーユ以外は知らないんだよね？　ファントムがエリオだってこと」

「や、一応陛下と王妃様には、裏でこういうことをしてますってのは言ってある。あと、イネスは多分気づいてるだろうなぁ」

「お城の中では咲かせないの？」

「そっちはブランに任せてる。俺は形式ばってるのはどうもな。おまえを捜しながら、気が向いたときに旅先で咲かせてたのが性に合ったんだ。騒がれるのが面倒でこそこそやってただけで、派手な演出を狙ってたわけじゃないんだぜ」

　エリオは照れたように苦笑し、肩をすくめる。

　ファントムが花を咲かせるのはいつも、悲しい人やつらい人がいるところや、廃れて寂しい場所だった。そんなところも、ああ、エリオだな、と思う。最初は驚いたが、ファントムとエリオが今は違和感なく重なっている。

「ファントムはこれからも憧れの人だから、いっぱい咲かせてほしい」

「ハハッ、ありがとな。俺もおまえに期待してるぞ。癒しの花術師リュカ・ミュレーの次回作が今から楽しみだ」

ちょんと鼻先をつつかれ嬉しくなる。憧れの人に楽しみと言われてしまった。

「それにしてもおまえの花、本当にすごかったな。どうやったらあんな高木を何本も生やせるんだ？　ちょっとあり得ないレベルだぞ」

本気で驚愕しているらしくやや悔しそうなエリオに、リュカは首をすくめる。

「おれにもよくわからないんだ。うまく説明できないっていうか……」

「またまた、隠すなよ。実は俺にも内緒で猛特訓でもしてたのか？」

「そそ、そんなんじゃないよっ。ただ、みんなに笑ってほしいって気持ちがいっぱいになって、それが自然に出てっただけ」

もしも今日の花をまた咲かせろと言われたら、できるだろうか。きっとできると思う。感謝の気持ちと笑顔を祈る気持ちは、いつでもどこでもたくさん集められるから。

「おまえらしいな」

微笑んだエリオに髪を撫でられて、リュカは首を縮め微笑む。

「おまえを拉致した連中な、おまえの花を見て、涙流して反省してるそうだ。あの花は人の心を動かす力を持ってるな」

そうだったらどんなに嬉しいだろう。

「あの人たちにも笑ってもらえるといいな。あまり厳しい処分にならないといいけど」

エリオははぁっと息を吐く。

「おまえ、人がよすぎるぞ。まぁ心から反省してれば軽い処罰ですむだろうけど、俺は許せんな。大事なおまえに、あんな怖い思いをさせて」

肩を引き寄せられ額にチュッと口づけられて、落ち着いていたドキドキがまた戻ってくる。

「お、おれは大丈夫だったよ。だって……」

ガタゴトと荷馬車で揺られながらどことも知れぬ場所に連れていかれているときも、四つ葉の首飾りを胸のあたりに感じて力が湧いた。エリオは来てくれると、そう信じられた。

「信じてたから。きっとエリオが見つけてくれるって。それに……あの花咲かせられたから、むしろよかったんだよ」

リュカは頬を赤らめはにかむ。

エリオを想って咲かせた花が彼を導き、連れてきてくれた。そして言葉にできなかった気持ちを伝えてくれた。

チラッと見上げたエリオの瞳は甘さを増していて、ときめきが止まらなくなる。

「今日は花と一緒に、おまえの気持ちをたくさんもらったな」

噛み締めるようにエリオが言った。

「まずは、俺のことを大好きだって気持ち」

「エ、エリオッ」

「照れるな照れるな。俺は嬉しかったぞ。あんな非常事態でなければ、俺の気持ちももっとわからせてやったんだけどな」

からかわれて火照る頬を撫でられて、あのときの口づけを思い出し、リュカはさらに真っ赤になる。

「それともう一つ。これからも、俺と一緒に歩いていきたいって気持ち」

エリオと同じ方向を見ながら進んでいきたい——そんな願いをこめて、今日の花を咲かせた。彼はちゃんとその想いも受け取ってくれていたのだ。

「人々の笑顔がいつもあふれている、そんな国を作っていきたい。おまえも同じ気持ちで、俺とがんばってくれるんだな？」

「うん、そうさせて。おれ、一緒にがんばりたい」

しっかりと頷くと、今日見上げた青空のような色の瞳が嬉しそうに細められた。

「リュカ……ありがとうな」

愛してるぞと耳元で囁かれ、どうしようもなく涙がこみ上げてくる。

「エリオ、おれも……っ」

大好き、と言う前に顎をすくわれ唇を重ねられる。

「っ……」

初めてのときよりも、もっと深くて濃厚な口づけだ。逃げられないようにリュカの頭をしっかりと押さえ、エリオは強引に唇を吸い上げてくる。入ってくる舌に口の中をゆっくりと探られて、リュカはんんっと喉の奥で呻いた。

エリオがふいに離れる。

「ああ、悪い。嬉しくてつい……。先走らずに、おまえの希望も聞かないとな。今夜は疲れてるか？　続きは明日にするか？」

――続きはあとだ。

助けられたときにそう言われた。なんの続きか、どういう続きかは、いくらリュカが奥手でもちゃんとわかっている。

（エリオと……結ばれる）

どんなことをして、どんな感じになるのかまでは想像できなかったが、とにかくそれはとてつもなく嬉しいことのような気がした。そう、きっと、優勝よりも。

「おっと、固まっちまったか。どうする？　今か明日か明後日、それ以外の選択肢はなしな。俺が我慢できない」

笑いながら額をつつかれ、「い、今がいいっ」と思い切り答えてしまった。エリオは意外そうに目を見開く。怖いからもうちょっと待って、とか言われると思ったのかもしれない。

「ホントに今でいいのか？　おまえ、ちゃんとわかってるのか？」

あまりにも潔い答えだったので不安になったらしい。

「わわ、わかってるよ。おれエリオが大好きだから、む、結ばれたいって思う。父上と母上みたいに、なりたいよっ」

今すぐに、と言い募る唇をまたふさがれる。差し入れられる舌に、リュカはおずおずと自分の舌を触れさせてみた。巻き取られ、吸われて頭が陶然としてくる。

「ああ、結ばれよう。ジスランさんとマリーさんみたいに仲良くやっていこう。もう絶対離れないって約束しような」

間近で微笑まれ、リュカは何度も頷く。

そばにいる、これからはずっと。捜したり捜されたり、そんなことはもう二度としなくていい。

「んっ……」

頭の芯が痺れるほどキスを続けながら、エリオの手が器用に服を取り去っていく。抗う間もなく一糸まとわぬ姿にされ、リュカはふるっと身震いした。

「心配するな。俺がおまえの怖がることをすると思うか？」

チュッと頬に唇を寄せ、エリオが笑う。ううん、とリュカは首を横に振る。そう、エリオはリュカが嫌がることは絶対しない。

「エリオがしたいなら、なんでもして」

怖くないよ、と言いたかったのだが、びっくりしたような顔をされてしまう。

「おまえ……そういうことを言うようになったのか。急に大人になりすぎだぞ」

何かおかしなことを言っただろうか。えっ？　と戸惑っている間に、手早く服を脱いだエリオにのしかかられてしまった。

覆いかぶさってきたエリオはリュカの首筋を強く吸い上げながら、両手で胸から脇腹にかけてまさぐってくる。

さっきのようにくすぐられるのかと思ったら、なんとなく動きが違う。質感を確かめるように撫でたり、指先で線を引かれるようになぞられたりしているうちに、だんだんとおかしな感じになってくる。

「エ、エリオ、なんか変……なんか変だよ」

魔力が内に溜まっていく感覚とも少し似ており動揺して訴えるが、エリオはさらに執拗に撫でさする。

「そのうち気持ちよくなってくるから、力抜いてろよ。それにしてもおまえ……どこもかしこも可愛いな」

指先が胸の突端にたどりつき、小さな花のように色の変わった部分をちょんとついた。「ひゃっ」と高い声が出てしまう。ぴりっと不思議な感覚が全身を駆け抜けたのだ。

「ここは、特に可愛い」

リュカの反応に満足そうに笑って、エリオはさらにその部分をいじり出す。じわじわと甘い感じが下半身まで伝わり出して、リュカはうろたえる。

そのうち気持ちよくなってくるというのは本当だった。くすぐったいばかりだったのが今はじんじんして、胸の先を指で摘まれるたびに脚をもぞもぞと動かしたくなる。

「あっ……あっ……」

感じるたびに身をよじり、小さく声を上げていたら、

「まったく……その声、煽ってるのか?」

と、切羽詰まった口調で言われてしまいあわてた。

「そ、そんなこと……わっ」

言い訳しようとして顔を上げたリュカは、思わず目を見開く。視線の先にはエリオの太い花柱のような立派な中心が、天を向いてそそり立っている。彼の咲かせる花のように艶やかなそれは、リュカのものよりふた回りも大きい。

「触ってみるか? その代わり、俺にもおまえのを触らせろよ」

ほら、と手を引かれ、たくましいものに触れさせられた。とても熱い。そして力強く脈打っている。

(すごい……)

おっかなびっくり撫でていると、それはさらに硬さを増してきた。同時にどういうわけか、

リュカ自身のものも硬くなってくるのがわかった。

「おまえも感じてきたんだな」

嬉しそうに言われ、伸ばされた手でそこをやんわりと包まれて、「ひゃっ!」と声が上がってしまう。

気持ちがいい。体中がピリピリと甘く痺れるような感覚だ。

「ところでおまえ、自分で触ったことはあるのか?」

「な、ないっ……あっ」

夜中にそこがおかしな感じになって、朝起きると下着が汚れているときがあったが、こんなふうに触られると気持ちがいいなんて知らなかった。

「それじゃ、花術と同じくらい丁寧に教えてやらないとな。こうするんだ」

エリオがやけに楽しそうに笑い、手を動かす。ゆるゆるとしごかれるだけで、あまりの気持ちよさに勝手に腰が揺れてしまう。リュカはぎゅっと目を閉じる。

「やっ、エ、エリオ……あっ!」

そこをいじられながら、もう片方の手がさっき触られた胸の先にまた触れてきて、リュカは声を張り上げた。

「やぁっ、エリオッ、気持ちい……おれ、なんか、出る……出ちゃいそうで……っ」

やめてと言うのを聞いてもらえず、エリオはリュカの中心をしごき上げ、胸を爪の先で弾いてくる。

「出していいぞ。ほら」

手の動きが早くなり、リュカは全身を震わせて達した。魔力を放つのと似た感覚で、自分では止められない甘い波が一気に押し寄せて目が回りそうになる。いや、魔力の放出よりずっとすごい。

(好きな人と結ばれるって、こんなに気持ちいいことなんだ……)

ゆるやかに引いていく快感の余韻に恍惚と浸りながら、リュカは無意識に両手を差し伸べた。ぎゅっと抱き締められて安心するが、エリオの中心がまだ硬いままなのが気にかかった。

(おれも、してあげないと……)

自分の手でエリオをこんなに気持ちよくしてあげられたら、どんなに嬉しいだろう。好き合っている二人が結ばれるって、本当にすごいことだな、信じられないくらい嬉しいことだな、と改めて思う。

「エ、エリオッ」

否応なく昂揚してきて、リュカはエリオの胸をぐいぐい押した。

「おっ、なんだなんだ、どうした?」

「こ、今度は、おれの番っ!　おれがしてあげるっ」

そう、いい雰囲気になったら自分からいけ、とマクシムも言っていたではないか。リュカはがむしゃらにエリオの腰にしがみつくと、勃(た)ち上がっている中心に頬をすり寄せた。

「うわっ、何してくれるんだおまえっ」

気持ちいいというよりは、焦ったような声が届いてくる。

「お、おれもエリオを、気持ちよくしたいよっ。エリオと、結ばれたいっ」

頬に触れる中心は硬く、熱くて、自分のことを好きでいてくれるからこうなるのだと思うと夢心地になってくる。

「おまえってホントに、いじらしいな」

大好きな人の声が甘く響き、髪を優しく梳(す)かれた。

（どうしよう……エリオがすごく好きだ）

力強く脈打つものがたまらなく愛しくて、リュカは両手で包み一生懸命撫で始めるが……。

「おっと……待て待て、それ以上されると俺も限界だ」

手を止められて、どうして？　と顔を上げる。エリオは困ったような表情でリュカを見下ろしている。

「リュカおまえ、恋人同士が結ばれるって意味、ホントのところはわかってないんだろう？」

「えっ？　エリオも、さっきのおれみたいに……だ、出しちゃうこと、じゃないの？」

もじもじと聞き返すと、クスッと笑われてしまった。しまった。どうやら子どもっぽい発言だったようだ。マクシムにもっと詳しく教えてもらっておくのだった。

うろたえるリュカの両頬を挟み、エリオがじっと見つめてくる。

「おまえの中で出したい。それが結ばれるってことだ」

一つになるんだよ、と囁かれ、鼓動が甘く高なってくる。

（一つになる……。おれの中で、エリオが……）

戸惑う唇に、啄むようなキスが落とされた。

「入れてくれるか？　俺を、おまえの中に」

「うんっ」

迷いなく頷いた。自分ではない人が、自分の中に入ってくる。体と体がつながる。そうしたらきっとその人は『自分ではない人』ではなく、自分の一部になるのだろう。

「一つに、なりたい」

「つらいかもしれないけど、がんばれるか？」

「えっ？　エリオと一緒なら、つらいことなんかないよ？」

首を傾げるリュカを、切なげに目を細めたエリオがくるむように抱き締めた。

「まったく……おまえホント可愛いな。もう一生離さないから覚悟しとけよ」

ちょっと照れたように笑ったエリオに、リュカはクルリと反転させられる。腰を高く上げさせられてあわてた。

「エリオ、何してるの……？　こ、こんな格好、おれ……」

お尻なんて自分でも見たことがないところをじっと見られるのは、相手がエリオでも恥ずかしい。どうするつもりなのかとドキドキしていると、両方の尻を撫でられてひゃっと肩が震える。

「おまえのここに、俺のを入れるんだ。恋人同士はそうやってつながる」

指先に小さなすぼまりをそっと撫でられ、ふるっと背が震えた。

（エリオのを、入れる……？　えっ、大丈夫なのかな……？）

「大丈夫だ、心配するな。ちゃんとつながれるようにしてやるから」

すぐにリュカの不安を感じ取ってくれたのか、エリオが優しくそこを撫でてくれる。彼がそんなところまで愛しいと思ってくれていることが、慈しむような触れ方から伝わってきて、恥ずかしいという気持ちも次第になくなってくる。

（おれの体、全部エリオのものにしてほしい……）

きっとリュカ自身よりエリオのほうが、リュカを大事にしてくれるから。

自分を大事にしようとか、思ったことはなかったけれど、エリオにこうして大事にされて初めて、彼のために自分のことを好きになりたいと思える。いらないと思っていた黒い髪も、瞳も、なにもかもすべて。

「昔原っぱでじゃれてる頃、おまえ俺のことどう思ってた？　好きじゃなかっただろう」

リュカの小さな入口をやんわりと手でほぐしてくれながら、エリオが話しかけてくる。やや緊張しているリュカの気をまぎらわそうとしてくれているのだろう。

「エ、エリオのことは、怖かった。すぐ、いじめるから……ふわ……っ」

するりと指を差しこまれる感覚に変な声が出てしまう。おかしな感じだがつらくはない。指もエリオの体の一部だと思うと、むしろとても嬉しい。

「ごめんな。おまえが泣きそうな顔するのが可愛かったんだよ。俺も子どもだったから、どうしたらおまえともっと仲良くなれるかわからなくてな」

可愛いと思ってくれていたなんて、あの頃は気づかなかった。ただ、思えばエリオはいつだって、リュカから目を離さず面倒を見てくれていた。蜂に群がられたときは追い払ってくれたし、大鷲に襲われかけたときは、リュカとカミーユを先に逃がして一人で戦ってくれた。

――これしきの傷なんともねーよっ。

鋭いくちばしでつつかれて傷だらけになった腕を、泣きながら手当てしようとするリュカを突き飛ばしそっぽを向いたのは、きっと照れていたからだろう。

「今は、わかるよ。エリオ、おれを大事にしてくれてた。昔から」

「決めてたんだ、あの頃から。おまえを守るのは俺だってな」

入ってきた指を動かされ中を探られながら囁かれて、こそばゆさとともに嬉しさがこみ上げる。

「俺の相手はおまえだけだ。昔も今も、これからも」

「エリオ……」

じわっと瞳が熱くなった。

「おれも、エリオだけ……あ……っ」

指が引き抜かれ、エリオの中心がそこに当てられる。

「入るぞ、リュカ」

頷くと、なだめるように背を撫でられながら入口を押し開き、じわじわと熱いものが分け入ってくるのを感じた。

「っ……」

体の内側をぐっと押されるような感覚は到底気持ちのいいものではないけれど、これが『結ばれる』ということなんだと思うととても厳かな気持ちになった。

「大丈夫か？　つらくないか？」

そう聞いてくる、エリオの声のほうが少しつらそうだ。体が強張って彼をきつく締めつけすぎてしまっているかもしれない。

「おれ、大丈夫だから……エリオも、気持ちよくなって」

花術と同じだ。緊張していると力がうまく放出できない。抵抗せずに素直に彼を受け入れようと、リュカは全身の力を抜いた。

「ああリュカ……いいぞ。すごくいい」

吐息混じりの声が届く。どんな顔をしているのかなと首をねじって見上げると、いつものお日様みたいな健康的な雰囲気と違った艶っぽい表情の彼にニコッと微笑まれ、胸がときめいてきた。

ときめきに連動して、体も感じ始める。彼の大きく太いものが次第に中に入っていくのを想像すると、なぜかリュカのものもまた硬くなってくる。

気づかれたら恥ずかしい、と無意識に逃げようとしてしまう腰を両手で押さえられ、ぐっと引きつけられた。

「ああっ……！」

奥の奥まで一気に貫かれるのを感じ、リュカは高い声を上げる。

「リュカ、わかるか？　一つになれたぞ」

（エリオと、一つに……）

声が出せず、ただうんうんと頷く。つらいけれど気持ちよくて、恥ずかしいけれど嬉しくて、感動していて……たくさんの気持ちで胸がいっぱいになっている。

恋というのはすごい。『結ばれる』のは本当にすごい。感謝や大好きの気持ちとともに、新たな尊い感情がリュカの中にどんどん積み上がっていく。

「リュカッ」

「ふぁっ……ああっ！」

前に回された手で、また勃ち上がってきたものを包まれた。そこをゆるくしごかれながら、腰を引かれ、また打ちつけられる。激しく体を揺さぶられ、風に吹かれる花になった心地になる。

「あっ、あっ……エリオッ……」

彼のたくましいものがズン、ズンと奥を突いてくるたびに、恥ずかしいほど甘い声が漏れてしまう。

「リュカ、愛してる。俺のものだ……っ」

「ああっ……エリ、ああ〜、やぁっ……！」

愛してる、と繰り返される告白を夢心地で聞きながら、リュカは中心からまた蜜を放出した。エリオのものもリュカの中で硬くふくらみ、弾けたのを感じた。

背中からエリオがしっかりと抱いてくれて、二人して青空を浮遊しているような気分になる。

(すごい……死んじゃいそう)

少しの間意識が飛んでいたようだ。気づくと仰向けに寝かせられ、のしかかるエリオを見上げていた。

「エリオも、気持ち、よかった……？」

「ああ、よかったよ。すごくな」

ほっとして微笑むが、エリオは微笑み返してくれない。困った顔でリュカを見ている。

「けど、まずいな、まだ足りない。おまえ、よすぎるぞっ」

焦れたようにそう言って、エリオはリュカの両膝裏を持ち大きく脚を開かせる。

「あ、や……っ」

まだ甘い余韻が去らないうちに、潤んだすぼまりを再び指で開かれ、中まで見られてリュカは身悶えた。薄目で見上げれば彼の中心はなんともう天を仰いでいて、目に入っただけでリュカも感じてきてしまう。

「リュカ、悪い、もっと欲しいっ」

自分のものを軽くしごき、エリオはまだやわらかいリュカの入口にそれをグッと差し入れてきた。

「ああっ、だ、駄目、もう……っ！」

最初のときよりずっとスムーズに奥まで入ったたくましい中心で、エリオはリュカの中をかき回してくる。刺激が頭の芯まで痺れさせ、リュカは甘ったるい声を張り上げる。

「リュカ……リュカッ」

「エリ、オッ……好き……大好きっ！」

両手を伸ばし彼の首に摑まった。

大好きな人が嬉しそうに笑ってくれる。リュカも笑い返す。互いに照れくさく恥ずかしいのに、ものすごく幸せで……幸せすぎて涙が出そうだった。

二人は同じリズムで体を揺らしながらしっかりと抱き合い、同じ幸せを朝が来るまで繰り返し分かち合った。

＊＊＊

『親愛なるマクシム。先日は手紙をありがとう。君も村のみんなも元気そうで安心しました。おれもレムも元気です。君に会いたいなと毎日思っています。

すぐに返事を書きたかったのだけれど、なんだかすごくバタバタしていて忙しかったんだ。ごめんね。あ、忙しいっていっても、嬉しい忙しさだから、心配しないでください。

それにしても、決勝戦からもうひと月も経つなんて、早いよね。あのときはお世話になりました。応援、すごく力になったよ。改めてありがとう。

あれからのことで、君に報告したいことがいっぱいあるよ。

まず大会のすぐあとに、おれはお城の中に部屋をいただいて、今はレムとそこで暮らしています。すごく広いお部屋で丘の上の小屋の十軒分、ううん、三十軒分はありそう。小さな庭もついていて、そこで花術の訓練もできるんだ。今、おれの花術はイネス・オーベルさんが見てくれてて、それがすごく厳しいんだけど……その話はまた改めて。

あ、エリオは毎日仕事の合間に、部屋に顔を出してくれています。大会までは宿の部屋でずっと一緒だったからちょっと寂しいけど、おれも独り立ちしないとです。

あとね、お祝いの会を陛下が改めて開いてくださって、たくさんの方に祝ってもらえました。黒の魔法使いのこと誤解してたって、わざわざ謝ってくれる人もいたんだよ。

王妃様——とてもお美しくてお優しい方だったよ——にもご挨拶して、おれは緊張しっぱなし。君がそばにいて、「リュカほら、しっかり」って声かけてくれればいいのにって何度も思ったよ。

緊張っていえば「ジュルナル・フェルディアン」紙のインタビューもかなり緊張しました。その号は、もう村にも届いてるかな？　村のみんなへのお礼もいっぱい語ったので、ぜひ読んでほしいです。

そんな感じでいろいろなことがあったのですが、一番のニュースはここから。

なんとおれ、お披露目式よりもひと足先に王子様にお会いしたんだ！　そのときのこと、どこから話せばいいのかな。今でも思い出すだけでドキドキしてくるよ。』

リュカはいったん手紙を書く筆を置き、そのときのことを思い返してまた胸を躍らせる。

王子に拝謁するようにと命じられたのは、十日前の朝一番だった。いきなりの命にリュカは大あわてで身だしなみを整え、畏まって部屋で迎えの人を待っていた。レムもしっかりと毛並みを整えて、リュカの肩で行儀よくしていた。

——リュカ、そなたは王子に仕えてほしい。これは王子のたっての希望だ。

王に拝謁したときに、そう言われていた。リュカにとっては畏れ多く嬉しいことだったが、正直少しだけ不安もあった。

王子様付きの花術師になると、王様の騎士であるエリオと会う機会はなくなってしまうのではないか？

個室を与えられてからは宿で一緒にいた頃と比べて、エリオと話す時間は圧倒的に少なくなっている。彼も本来の仕事に戻ったのだろうから当然なのだが、このままだんだんと会えなくなるのではと思うと、さすがに心配になってきていた。

現に城内に移ってからは、二人で愛を確かめ合う機会はなくなってしまった。それでも部屋に来るたびに、エリオはリュカをしっかりと抱き締めキスをしてくれる。

――何も心配するなよ。なかなか会えないのは今だけだから。

いつもそう言ってくれるけれど、本当にそうだろうか。また想いを結び合わせる日が来るのだろうか。

リュカ、今日も元気だな、と毎朝のぞいてくれるエリオが、王子に拝謁するという晴れの日に限って来てくれないのも気になった。

やるせない不安も高まり、心細いことこの上ない。こんなときこそそばにいてほしいのに、とそわそわしていると、お迎えが来られましたと従者が恭しく扉を開け、全身が緊張で固まった。

「え……っ？」

「キュッ？」

そこに立っている神々しい雰囲気をまとった純白のローブの人を見て、リュカとレムは目をパチクリさせて同時に声を上げた。

「カミーユ！」

「リュカ、お待たせ」

カミーユはリュカの反応を予測していたのか、優雅にニッコリと微笑みかけてくる。

やはり、王子はカミーユだったのだ。王子様自ら足を運んでくださるなんて、と畏れ多すぎてめまいを覚えたとき、

「王子様は庭園で待っておられるんだ。案内するよ」

と言われ、「えっ？」と首を傾げてしまった。

「王子様は、カミーユじゃないの？」

思わず聞いてしまってから不敬な発言だったと気づき、あわてて口を両手で覆った。カミーユは叱責するどころか爆笑し、後ろに控える従者たちも笑いをこらえている。

「それね、本当によく言われるんだよね。確かに僕のほうがずっとそれらしく見えるかもしれないけど、王子はもっとすごい方だよ。常に国のことを考えておられる、次期国王にふさわしいお方だ」

王子を語るカミーユの瞳には畏敬の念があふれている。彼にここまで言わせる素晴らしい王子様にこれから拝謁し、仕えるのだと思うと体が震えてきそうだったが、しっかりね、とレムに頬を撫でられ、リュカはしゃんと背筋を伸ばした。

カミーユに先導され、王室の関係者しか入れない王宮最奥の庭園へと案内されていった。その庭はブランが中心となって整えているようで、美しく気品に満ちた花が咲き誇っており、リュカは感嘆の溜め息を漏らす。

あれもすごい、これも綺麗、と心の中で絶賛しながら庭を見回していたリュカの目に、見覚えのある花が映った。

「あっ……」

思わず声が漏れてしまった。

視線の先にあるのは雨の花に似た形の、白く小さな花が小鞠のように丸く集まった木の花だ。それは、リュカが森の中でエリオを想って咲かせた花に間違いなかった。

(ここに移されたの？　でも、どうして……？)

「ああ、先に来ておられるね。何しろ朝からそわそわしてたから」

と、カミーユがクスッと笑う。

花にばかり気を取られていたが、その前で長身を折り、小鞠に似た花を手にのせるように して愛でている若い男性の姿が見えた。花を見つめるその眼差しも、何かを思い出しているような微笑もとても優しくて……。

ドキンと心臓が大きく打った。見間違いかと、リュカは思わず一歩出る。

「殿下、リュカをお連れしました」

カミーユが呼びかけるとその若者――王子は振り返り、体をこちらに向けた。

豪華な刺繡を施された王室色の紫のコートは騎士姿のときとまた違った高貴な凛々しさがあって眩しいほどだが、太陽のような金髪と青空色の瞳、明るい笑顔は変わらない。

「リュカ、エリオット・アレキサンドル・ド・フェルディアン王子殿下だよ。ご挨拶を」

朝から頭の中で何度も繰り返し練習してきた挨拶が、完全にすっ飛んでしまっていた。

リュカとレムは目も口もポカンと開けたまま、ただひたすら王子を見つめる。自分の人生にはもうそれほど大きな驚きはないだろうと思っていたけれど、よもやまだあったとは
……！

「よぉ、久しぶり……ってほどじゃないか。昨日も会ったしな」

いつもと変わらぬお日様の笑顔で、リュカの大好きな人が照れたように手を上げた。

「殿下、いくらなんでも普段と変わらなすぎでは？　もう少々威厳を保っていただきませんと」

カミーユは噴き出しそうになるのを必死でこらえているようだ。

「う、うるさいんだよ。ていうか、おまえその話し方やめろ、気色悪い」

エリオは親友に向かって顔をしかめてから、完全に固まってしまっているリュカとレムを心配そうに見る。

「おい、おまえたち大丈夫か？　もしかして、怒ってたりするのか？」

怒っているかだって？　怒っているに決まっている。ファントムのときに続き二度までも、こんな心臓が破裂しそうな思いをさせて……。

（それも、こんな大事なこと黙ってたなんて……っ）

我慢できなくなったリュカはむうぅっと唸ると、相手が王子様だということも忘れて駆け寄り、えいっえいっとその胸に拳を打ちつけた。もちろんレムもキュキュキュッと加勢する。

アハハと彼がいつものように笑って、髪をくしゃくしゃにしてくれた。怒っているのを忘れるくらい、ものすごく嬉しくなった。

「悪かった、謝る！　言いづらかったんだよ。おまえの俺に対する態度が変わったりしないかっていうのも、気になったし……」

「でもっ、だけど、すごく大切なことだよね？　だって……だっておれとエリオ、これからもずっと一緒って……っ」

そうだ。エリオが王子様だったのなら、リュカはどうなるのだろう。恋人になれたと思っていたけれど、エリオは違ったのだろうか。もしや彼にとっては単に、花術師としてのパートナーという位置づけだったのでは……。

いきなり腰を抱かれ、引き寄せられた。

「っ……」

抗う間もなく唇にキスをされ、リュカはパチパチと瞬く。

「こら、何心配してるんだ？　俺たちは結ばれて一つになったんだぞ。言っただろう、俺の相手は一生涯おまえだけだ」

「えっ、だ、だけど……」

「『だけど』じゃない。おまえとのことは、父上も母上もすでに認めてくださっている。今さら嫌だとか尻ごみするなよ。リュカ、おまえはお披露目の日に俺の隣で、婚約者として国民に紹介されるんだ」

「なかなかに策士だよね。リュカに自分の身分を明かしたら逃げられてしまうんじゃないかって、先に手に入れてしまうんだから」

「うるさいぞカミーユッ。おまえだってそうしたほうがいいと言ってたじゃないか」

ニヤニヤ笑いの親友に顔をしかめてみせ、エリオはもう一度リュカに向き直った。

「リュカ、どうする？　いや、どうするじゃないな、おまえに選択権はない。俺が二度とおまえを離さないからだ。それはわかってるよな？」

ずいぶんと勝手なことを言いながらも、エリオはきっと相当に焦っている。リュカに、そういうことならごめんなさい、と言われてしまわないかと心配しているのが伝わってくる。

凛々しくて素敵な非の打ちどころのない王子様。常に国と国民のことを思い、世継ぎとしての資質を十分に備えた国王陛下の大事な一人息子。

けれどリュカにとっては、誰よりも大切な唯一無二の愛する人だ。恋人がたまたま王子様だっただけ。そんなこと、なんの障害にもならない。

「エリオ」

「ん？」

「もう、おれに隠してることない？」

「キュキュッ？」

リュカとレムに軽く睨（にら）まれて、エリオは降参とばかりに両手を上げる。

「ない！　おまえを驚かせることは本当にもうないし、これからも隠し事はしない。約束する」

いつも偉そうにしている彼の申し訳なさそうな様子に、リュカは思わず笑ってしまった。

「うん、わかった。約束だね。じゃ、仲直りだよ」

「キュキュッ」

差し出したリュカの手とレムの前足に自分の手を打ち合わせ、エリオは安堵の表情で「あー、緊張したぞ」とリュカにもたれかかってから身を翻す。

「それじゃ、改めて……」

意味深に微笑むとリュカの咲かせた花の木の陰から何かを取り、いったん背中に隠してからパッと差し出した。
「わぁっ！」
リュカとレムだけでなく、後ろで二人を見守っている人たちからも感嘆の声が上がった。
目を瞠るような美しい花束だった。中央の円から八重の花びらが水平に開いた中型の花は
あざやかな赤とピンク色で、素晴らしく華やかだ。彼の作にしては小ぶりで可憐、奇をてら
わない庶民的な魅力の花だけれど、花瓶に生ければ部屋全体を明るく見せるだろう。
「小さめの花はちょっと苦手だが、おまえの雰囲気に合わせてみたんだ。リュカ、結婚して
くれ。俺と一緒に、この国を笑顔あふれる国にしていこう」
美しい花にぼうっとなりながら、リュカは無意識に一歩下がった。いつもの悪い癖で、幸
せすぎると不安になってくる。
もしかしたらこの花を受け取った瞬間に夢から覚めて、たった独りの現実に戻ってしまう
のではないか……？
「待って、待ってエリオッ」
「ん？　どうした？」
「あの……これホントに夢、じゃない？」
不安げな表情のリュカに、エリオは目を見開いてからハハッと笑い、手を伸ばしてきた。
頬をむにっと摘まれる。

「うん、ちゃんと痛い。夢じゃないっ」

花束を受け取ると喜びがこみ上げ、涙が滲んできた。ニコニコ顔のレムがせっせと目尻を拭ってくれる。

「だ、だけどおれ、務まるかな……そんな、大変なお役目……」

「おまえにしか務まらないよ。国民を癒すのも、俺を支えるのも、おまえだけにできることだ。そうだろう？」

「う、うんっ！」

「よし、いい返事だ」

瞳を見つめ合い微笑み合うと、嬉しさが二倍になった。見守っていたカミーユたちからは拍手が起こり、レムはパタパタと羽ばたきながら二人の周りを飛び回っていた。

幸せな記憶から戻り、リュカは窓辺に飾った花を見る。あの日エリオに贈られたものだ。

（本当に、信じられないくらい嬉しかったな……）

その日のうちに、彼と一緒に王と王妃にも改めて恋人として引き合わされ、祝福を受けた。

とにかく言うことを聞かず自由奔放すぎるので、迷惑をかけるかもしれないけれどよろしく、と頭を下げられて、王も王妃も一人の子の親なんだな、とじんわりし、きっと王子様を幸せにしますとリュカは答えた。もちろん当人は、俺が聞き訳がなく自由奔放すぎるなんてとんでもない、と言い張っていて笑ってしまったが。

国民へのお披露目が終わったら、リュカも正式な王子の婚約者として、王の一家が暮らす王宮に移ることになるようだ。そうすれば、毎日エリオと一緒にいられるようになる。

将来エリオと結婚し国を背負っていくことを考えると、花術以外にも勉強しなければならないことは山ほどあるだろう。大変なこともあるかもしれないが、エリオがそばにいてくれるなら何があっても乗り越えられると思う。

（マクシム、びっくりするだろうな……）

改めて筆を取り、しばし逡巡してから、王子の正体のことはまだ伏せておくことに決めた。近い将来真実を知ったときは、マクシムもちょっとだけ怒るかもしれない。

——僕にまで内緒とか、もうっなんなのさっ！

そう言ってプンプンしながらも、きっと誰よりも喜んでくれるだろう。

『王子様との謁見は、とにかくびっくりしたし嬉しかった、とだけ言っておくね。（こんなことを書くと、勘のいい君には何があったのか、予想がついてしまうかもしれないね）

それとねマクシム、もっとすごいことがあるんだよ。お披露目が終わったらすぐ、おれ王子様と一緒に国中の村を回ることになったんだ。王子様は顔見せがてら国を支える地方の人たちの意見を直接聞いて、畑を見て回りたいんだって。相変わらずじっとしていないなって陛下も呆れておられたよ。

だからねマクシム、そのうちおれ、またタルーシュ村に行くよ！　レムも君にすごく会いたがって、今から喜んでるんだ。』

「キュキュキュッ」

何を書いているのかわかるのか、レムがへにょっとした笑顔になりながら翼をパタつかせる。

『村に戻ったらおれ、もう一度あの丘の上の小屋に行ってみたいと思ってる。あそこで独りで暮らしていた頃のこと……幸せに自分から背を向けてたときのこと、思い出したい。あんな日もあったけど、みんなのおかげで変われたんだなって、そのことをずっと覚えていたいから。

おれが今こうしていられるのって、おれ自身のがんばりとかじゃなくて、村のみんなや周りの人の応援のおかげだと思うんだ。たくさん応援してもらっていっぱい支えられたから、今のおれがいる。だから今までもらってきた温かい気持ちを、これからは倍にして、感謝と一緒にみんなに返していきたいんだ。』

「おいリュカ、そろそろ行くぞ！」

トントンと扉がノックされ、王子が自ら顔を出す。今日はこれからお披露目式のリハーサルがあるのだ。

「少しだけ待ってて、エリオ！　手紙の返事、もうちょっとで書き上がるから」

リュカは手早く手紙の続きを書き終えて、待っていてくれた恋人に「お待たせ」と駆け寄る。レムが大好きなエリオの肩に飛び移る。

「マクシム宛てか？　なんて書いたんだ？」

「エヘへ、秘密だよ」

エリオに肩を抱かれ額に口づけられて、リュカは頬を火照らせながら首をすくめる。

「俺に秘密とは生意気な。白状させてやろうか、こいつ」

「駄目だよ、秘密！」

大好きな人の手をすり抜け、笑いながらリュカは逃げていく。

エリオはきっとすぐに追いついて、背中から抱き締めてくれるだろう。そうしたら振り向いて、たまにはリュカからキスをしよう。きっと彼は驚いて、すぐに笑ってくれるだろう。

彼と一緒にリュカも笑おう。王宮中に響くくらいに、二人で声を合わせて笑い続けよう。

『いろいろありましたが、今のおれは毎日笑って過ごしています。君は笑顔のなかった頃のおれを知っていると思うけど、本当に今、別人みたいに笑ってばかりいるよ。

マクシム、おれ今、幸せです。すごくすごく幸せだよ。君にも感謝してる！　本当に、本当にありがとう！

会える日を今から楽しみに。マクシム・デュボワ様。君の親友、リュカ・ミュレー』

王子様の初恋

「おっし、できたっ」

パッとあざやかに開いた可愛らしいピンク色の花に満足し、少年エリオはうんうんと頷く。彼自身はもっと大きくて、色も派手な赤や黄が好みだが、リュカは小さめでやわらかいピンク色やクリーム色の花が好きなようだ。きっと喜んでくれるに違いない。

この前ちょっと強くはたいたら涙目になられてしまったので、そのお詫びのつもりで咲かせた花を手に、エリオはいつもの原っぱへと急ぐ。

（あいつ、笑ってくれるかな……）

無表情なリュカのふわっとした笑顔を想像して、エリオも思わずへへっと笑う。

出会ってからもう三ヶ月経つのに、リュカはほとんど笑わない。嬉しいときにも口元をほわんとゆるめる程度だ。エリオに対しては特にそうで、笑うどころかいつもちょっと怯えているような目を向けてくる。自分が彼をしょっちゅういじってしまうせいなので自業自得なのだが、怖がられるとなんとも切ない気持ちになる。

リュカが笑わない理由はわかっている。エリオにとっては魅力的に映るその黒髪と黒い瞳を、疎ましく思う人々がいるからだ。城内を歩くだけでも常に冷たい目線を向けられていれば、殻に閉じこもってしまうのも無理はない。

初めてリュカと出会ったときのことは、今でもはっきりと思い出せる。おずおずと原っぱをのぞきこんだ彼は、エリオとカミーユと目が合うとビクリと一瞬固まり、すぐに身を翻して逃げようとした。怯え切った臆病な黒うさぎを引き止めたのは、その綺麗な漆黒の瞳にひと目で心惹かれたから。そして、見るからに汚れのない清らかさを持った彼が、過剰にびくつかなければならないことにむかついたからだ。

髪と瞳の色でその子どもが、エリオの憧れている花術師ジスラン・ミュレーの一人息子だということはすぐにわかった。あんなすごい天才花術師の息子が、どうしてこんなふうに怯えて暮らさなければならないのか。

俺が守ってやろう、とエリオは思った。守って、こいつを笑わせてやる。おまえは堂々としていていい、人生は楽しいもんだってわからせてやるんだ、と。

それから原っぱで三人で過ごすようになって、俯いてばかりいたリュカは少しだけ笑うようになってくれた。だが、臆病うさぎなのは相変わらずだ。

(笑えばきっと、めちゃめちゃ可愛いはずなんだ……)

その笑顔を思い浮かべるたびに、なんだか勝手に頬が熱くなる。本当はぎゅっと抱き締めて撫で回したいのに、つい小突いたりはたいたりしてしまう。ガキかよ、と我ながら呆れてしまうが、照れくさくてなかなか素直になれないエリオだ。

庭園の中を抜けていくと原っぱが見えてきた。座りこんだリュカの小さな背中が見えて、エリオは足を速める。

「リュカ！　こっちにおいで」

優しい声が聞こえ、足がピタリと止まってしまった。少し離れたところにいたカミーユが、リュカを手招きしている。リュカは羽でもついたようにパッと立ち上がると、そちらに駆け寄った。

カミーユはその手に美しい、ラッパのような不思議な形の真っ白い花を持っている。彼の得意な、上品で白い花だ。その花を渡すとリュカは大事そうに両手で受け取り、ほわんとした嬉しそうな笑顔を見せた。

「なんだよ、ちゃんと笑ってるじゃんか……」

エリオはつぶやき、自分の握っていた花をなんとなく背中に隠してしまう。

カミーユと二人のときは、リュカはあんなふうに笑えるのか、と少しだけ寂しく感じる。俺といるときも笑えよ、とじわじわ悔しさが湧き上がる。

気配に気づいたのか、リュカの肩の上からパタパタと羽ばたいてレムが飛んできた。

「やるよ」と持っていた花を渡すと、レムは目を真ん丸にして「キュウウ！」と嬉しそうに鳴く。リュカとカミーユが振り向いた。

「よっ！」

表情を整えたエリオは、いつもの笑顔で手を上げ駆け寄る。リュカはレムが自慢げに見せる花に、目を丸くして見入っている。

「あれ？　エリオ、リュカの分の花は？」

ニヤニヤしながらカミーユが聞いてきた。どうやらそれが本当はリュカのために咲かせた花だと、鋭い親友は気づいているようだ。

「あ？　ねーよ別に。練習で咲かせたのを、レムにくれてやっただけだし」

チラッとリュカを見ると、ちょっと残念そうに俯いている。前回のことを謝るつもりだったのに、またやっちまったかとエリオは内心あわてる。

「ま、まぁ、欲しければまた持ってきてやるよ。そんなの、いくらでも咲かせられるしな」

「……うん」

ちょっとだけ微笑んでコクンと頷いたリュカを見て、胸がキュッと甘く絞られた。

いつか絶対すごい花束を贈って、こいつを満開の笑顔にしてやるぞ、とエリオは決意する。渾身(こんしん)の力作の花束を受け取り、それこそ花のようにパァッと笑ってくれるリュカを想像すると俄然(がぜん)燃えてきて、秘かに拳を握る。

大丈夫だ、焦らなくていい。このたまらなく愛しい人をずっとそばで守りながら、一緒に大人になっていこう。いつか自分も素直になれたら、これまでの分まで彼を思い切り可愛がって、いっぱい笑顔にしてやろう。彼が自分だけに特別な笑顔を見せてくれるまで絶対に、絶対に離れない。

（リュカは誰にも渡さない。俺のだ）

心の中でつぶやいてから急に照れくさくなって、黒髪をこしゃこしゃにかきまぜてやると、リュカは眉を八の字にして「わぁっ」と頭を抱えた。カミーユとレムが楽しそうに笑った。

朝のやわらかい光に包まれている。

「エリオ……エリオ」

優しく揺り起こされて、目を開けた。婚約式を終えて一緒に暮らしている二人の部屋は、朝のやわらかい光に包まれている。

「そろそろ起きる？　今日の朝ご飯は、陛下と王妃様とご一緒するんだよね」

起き出そうとする腕を引っ張り胸の中にもう一度抱えこむと、恋人は「わぁっ」と可愛い声を上げた。

「もうちょっとこうしてようぜ。せっかく懐かしい夢見てたし、余韻に浸りたい」

「懐かしい夢……もしかして、子どもの頃の夢？」

リュカが黒い目を輝かせる。

「そう。おまえが俺につれなかった頃の」

「エリオがおれに意地悪だった頃の、だね」

二人してクスッと笑う。

「おれも、今でもよく見るよ。あの頃はおれとエリオ、こんなふうになるなんて全然思ってなかったよね」

「いーや、俺は思ってたぞ。あの頃からな」

「嘘っ」

目をパチパチと瞬（またた）く様子から、本気で驚いているのがわかる。

「おまえしかいないと思ってたよ。大人になったら、絶対俺のものにするってな」

「嘘だ～っ」

「キュキュッ」

真っ赤になってパシパシとはたいてくるリュカに、二人の話し声で目を覚ましたレムが加勢する。アハハと笑いながらレムごとぎゅっと抱き締めると、目の前でパァッと明るい笑顔が弾けた。ずっと見たかった花のような笑顔は、今は自分だけのものだ。

「愛してるぞ。リュカ」

なんだか胸がいっぱいになり唇に軽いキスを落とすと、「おれも、大好き」と愛しいぬくもりがしがみついてきた。幸せの四つ葉のペンダントが、彼の胸でシャラッと音を立てた。

あとがき

　こんにちは。伊勢原ささらです。このたびは『花の魔法使いは御前試合で愛される』をお手に取ってくださり、本当にありがとうございます。感謝でいっぱいです！

　皆様、お花はお好きでしょうか？　私は大好きです。花屋さんの前を通りかかるとつい足を止めてしまいますし、散歩の途中で出会う素朴な花たちにもいつも元気や癒しをもらっています。色も形も本当に様々な花々には、自然の神秘みたいなものを感じてしまいます。

　今作の主人公リュカは、魔法を使って花を咲かせる『花術師』です。臆病で自分に自信がなかったリュカが、想い人のエリオやライバルたちと花術で競い合いながら成長していくお話でしたが、いかがでしたでしょうか。リュカたちの咲かせる花には一応モデルの花があるのですが、「これはもしかして○○かな？」なんて想像しながら楽しんでいただいてもいいかもしれません。王様の前で花を咲かせるクライマックスの決勝戦――御前試合のシーンに、皆様が少しでもドキドキしてくださったなら嬉しいです。

　ちなみに、お話の中では試合の勝者と敗者が決まりますが、花自体には優劣ってないですよね。どんな花でもすべて美しく、それぞれの魅力があります。ですのでこの物語の中では、あくまでその術師の魔力による表現の仕方によってインパクトの差が出てくる、という感じで受け止めていただけましたら幸いです。

花術の試合もですが、リュカとエリオとの恋のほうも楽しく書かせていただきました。一途に初恋の相手のリュカを想い、見守り続けたエリオは、私の攻様の中でもスパダリに分類されるのでは、と自信を持っております。エリオに愛され前向きになり、恋も花術もどんどん成長していくリュカの物語、どうかお楽しみいただけていますように。リュカの大事な相棒である可愛いレム、麗しいカミーユ、キュートなマクシム（私のお気に入りです）、すべてのキャラが愛しい大好きな作品を、このようにお届けできましたこと、感無量です！

イラストは麻々原絵里依先生にお願いできました！　前にご一緒させていただいた『さよならガラスの恋心』は切ない現代ものでしたが、今回はファンタジー世界！　大好きな先生の、また違った魅力を堪能させていただけ、本当に感激です！　ありがとうございました。

そして担当さんはじめ、今作の刊行につきまして関わってくださった皆様に、心から感謝申し上げます。何よりも読者様、リュカが感謝の気持ちを魔力に変えて花を咲かせられるように、私も応援と励ましをいただくことで、これまで書き続けてこられました。今も皆様の温かい手を背中に感じています。お読みくださったすべての方が、今花のような笑顔でいますようにと、感謝とともに心からお祈りしております。本当に、本当にありがとうございました！

伊勢原　ささら

✦初出　花の魔法使いは御前試合で愛される…………書き下ろし
王子様の初恋……………………………………書き下ろし

伊勢原ささら先生、麻々原絵里依先生へのお便り、本作品に関するご意見、ご感想などは
〒151-0051 東京都渋谷区千駄ヶ谷 4-9-7
幻冬舎コミックス　ルチル文庫「花の魔法使いは御前試合で愛される」係まで。

幻冬舎ルチル文庫

花の魔法使いは御前試合で愛される

2024年4月20日　　第1刷発行

✦著者	伊勢原ささら　いせはら ささら
✦発行人	石原正康
✦発行元	株式会社 幻冬舎コミックス 〒151-0051 東京都渋谷区千駄ヶ谷 4-9-7 電話 03(5411)6431［編集］
✦発売元	株式会社 幻冬舎 〒151-0051 東京都渋谷区千駄ヶ谷 4-9-7 電話 03(5411)6222［営業］ 振替 00120-8-767643
✦印刷・製本所	中央精版印刷株式会社

✦検印廃止

ISBN978-4-344-85412-3　C0193　Printed in Japan